Respawn

리스폰 1

초판 1쇄 인쇄일 2015년 4월 27일 | **초판 1쇄 발행일** 2015년 4월 29일

지은이 베어문도넛 | **펴낸이** 곽중열 | **담당편집 팀장** 이범수
편집부 신연제 이윤아 김호성 김은경

펴낸곳 (주)조은세상 | **출판등록** 제 2002-23호
주소 경기도 연천군 미산면 청정로 1355
TEL 편집부 02)587-2966 | FAX 02)587-2922
e-mail bukdu@comics21c.co.kr

ⓒ베어문도넛 2015
ISBN 979-11-5832-062-1 | ISBN 979-11-5832-061-4(set) | 값 8,000원

※잘못 만들어진 책은 바꿔 드립니다.
※저자와의 협의에 의해 인지는 생략합니다.

Respawn
리스폰

NEO FUSION FANTASY STORY & ADVENTURE

베어문도닛 퓨전 판타지 장편소설

북두
(주)조은세사

Respawn

NEO FUSION FANTASY STORY & ADVENTURE

Respawn

NEO FUSION FANTASY STORY & ADVENTURE

프롤로그

마지막 부활

마지막 부활

리스폰

의학의 발달로 불치병의 수가 대폭 줄어든 근미래.

최시우는 불치병에 걸렸다.

발달된 의학으로도 원인조차 파악이 안 된 그 병마는 최시우의 몸을 좀먹었다.

원래라면 매우 큰 고통 속에서 천천히 죽어갈 병이었지만 불행 중 다행으로 최시우의 부모는 엄청난 재력가였다.

현대 과학 기술이 집약된 가상현실 시스템을 치료에 도입, 최시우는 그 속에서 평범한 생활을 보낼 수 있게 되었다.

그러나 가상현실은 외로운 세상이었다. 시우는 언제나 고독했고 그런 시우를 달래기 위해 가상현실게임을 구현하기로 마음먹었다.

새롭게 가상현실로 유입될 유저들과 함께 즐기며 고독을 잊을 수 있도록.

가상현실게임은 완성되었다. 하지만 새로운 유저가 유입되는 일은 없었다. 가상현실 접속기의 대량생산에 문제가 생겨 정상운영을 하기 위해선 조금 더 시간이 필요하다는 이유였다.

하지만 현실세계에 있는 최시우의 육체는 이미 한계에 달해 있었고 더 이상의 시간은 허용되지 않았다.

✤

"오래 살다보니 정말 별 꼴을 다 본다. 과학으로 생명을 가지고 놀다 못해 의학으로 죽을 운명을 살려놓더니 이제는 기계가 영혼을 빨아들이네?"

저승사자는 최시우의 몸을 둘러싼 기계를 보며 감탄했다.

하지만 그것도 잠시 저승사자는 난감해졌다.

"아무래도 영혼을 수거하려면 저 안에 들어가야 할 것 같은데 괜찮으려나."

저승사자는 고민했지만 그럴 시간은 없었다.

그의 일은 정확한 시간에 인간의 영혼을 수거하는 것.

조금의 오차도 허용할 수는 없었다.

저승사자는 시간이 되자 어쩔 수 없이 가상현실게임 속으로 들어가 최시우의 영혼을 수거하려 했다.

하지만…….

띵!

[Error! 사용자의 데이터 보호를 위해 허용되지 않은 프로그램의 실행을 차단하였습니다.]

"헉! 뭐야?"

최시우는 갑자기 뜬 경고창에 놀랐다.

뭔가 잘못 건드렸나 싶지만 평소와 다른 행동을 한 적은 없었다.

"허용되지 않은 프로그램?"

혹시 해킹?

최시우는 괜히 걱정이 들었지만 현대 과학 기술의 집약체인 가상현실의 해킹 방어 기능을 믿었다.

가상현실을 구축할 정도의 기술력을 지닌 사람들이 고작 해커에게 당할 거라는 생각은 들지 않았던 것이다.

최시우는 뭔가 달라진 것이 있나 기다렸지만 아무 일도 일어나지 않자 안심하고 걸음을 옮겼다.

그때였다.

두둥!

[캐릭티가 사망하였습니다. 리스폰 하시겠습니까?]

"아앗!"

몬스터도 없는 마을 안이었는데 갑자기 캐릭터가 죽어 버렸다.

안 그래도 불치병에 걸린 게 마음에 걸려서 캐릭터가 죽는 것만큼은 최대한 피해왔는데 이렇게 허무하게 죽다니.

시우는 부활 확인 버튼을 눌렀다.

RESPAWN

■ ▢ ▢ ▢ ▢ ▢ ▢ ▢ ▢ ▢

1%.

"아, 이건 또 왜 이렇게 오래 걸려?"

사위가 어두워진 장소에서 영혼처럼 둥둥 떠있던 최시우는 좀처럼 진행되지 않는 로딩창만 뚫어져라 쳐다보다가 지쳐 드러누웠다.

어차피 로그아웃 해봐야 아프기만 하니 이대로 한숨 잠이나 자려는 생각이었다.

그리고 최시우가 깨어났을 때, 그곳은 미지의 숲 속이었다.

"여긴 또 어디야?"

Respawn

NEO FUSION FANTASY STORY & ADVENTURE

1장.

미지의 숲

리스폰

시우는 당황스러웠다.

게임 속에서 죽는 것은 처음이었다. 그래도 부활은 사망
장소에서 가장 가까운 마을에서 한다는 것쯤은 알고 있었
다.

"마을?"

시우는 주변을 둘러보았다. 건물은 보이지 않고 우거진
수풀만이 시우를 반겼다.

원인을 생각해보았다. 가상현실게임이 실제로 운영되는
것이 처음이긴 했지만 시스템적 오류가 일어난 것은 처음
이었다. 뭔가 이유가 있을 것이다.

시우는 어렵지 않게 에러창이 떴던 것을 떠올렸다.

"해킹이었나? 역시?"

시우는 한숨을 내쉬었다. 하지만 걱정은 되지 않았다.

그보다도 신경 쓰이는 것이 있었다.

"왜 장비가 벗겨진 거지?"

어둔 밤에 반팔 반바지 차림으로 있으려니 추위가 엄습했다.

팔짱을 끼고 덜덜 떨다가 왼쪽 눈을 손으로 가리며 입을 열었다.

"가방."

이상한 곳에서 부활이 되긴 했지만 시스템에 큰 피해는 없는 모양이었다.

눈앞에 떠오른 반투명한 아이템창을 확인한 시우는 안심하며 장비 모양의 아이콘에 손을 가져갔다.

"장착."

하지만 아무 일도 일어나지 않았다.

몇 번 더 시도해봤지만 무엇이 문제인지 알 수 없었다.

시우는 처음으로 불안해지며 혹시 다른 시스템에도 문제가 생겼는지 확인해 보았다.

"능력정보."

시우는 문제를 발견할 수 있었다.

그것도 아주 큰 문제였다.

"뭐야 이게!"

그동안 죽자 사자 몬스터를 잡으며 올린 레벨이 초기화가 되어 있었다.

아마 장비를 착용하지 못한 것도 이 탓인 듯했다.

장비의 레벨제한이 높다보니 레벨 1로 초기화된 시우가 착용할 수 없는 것은 당연한 일이었다.

"기술."

시우는 혹시나 싶어서 스킬창도 열어보았다.

시우가 배워둔 수많은 기술 중 대부분이 레벨제한에 걸려 잠겨있었다.

그림의 떡이 이런 거구나 하는 실없는 생각과 함께 깊은 한숨을 내쉬었다.

몸이 오들오들 떨렸다.

아이템창을 열어보았지만 1레벨이 착용할 수 있는 의류는 없었다. 제일 제한이 낮은 방어구가 10레벨짜리 가죽갑옷이었다. 대신 무기 몇 종류가 레벨에 상관없이 사용할 수 있는 물건이었다.

시우는 잠시 고민했다. 어차피 시스템이 해킹을 당한 거라면 복구가 되자마자 운영자 아저씨들이 레벨을 복구시켜 줄 것이다.

하지만 그게 얼마나 걸릴지 알 수 없었다. 최악의 경우 시스템이 해킹당한 걸 아직 모를 수도 있다는 생각이 들었다.

막연히 추위에 떨며 기다릴 수는 없었다.

"레벨 10이라."

레벨을 10까지만 올리면 입을 옷이 생긴다. 시우는 딱 10레벨만 찍고 쉬자고 생각했다.

주위를 둘러보았다. 일단 사냥을 하려면 여기가 어디인지부터 파악하는 것이 급선무였다.

괜히 사냥하겠다고 나대다가 고레벨 몬스터라도 만나면 낭패였다.

아무리 게임이라지만 시우는 죽는 것이 싫었다.

"지도."

시우는 왼눈을 손으로 가리며 미니맵 기능을 켜봤지만 미니맵도 해킹에 당했는지 먹통이었다.

어쩔 수 없이 잠시 걸음을 옮기며 주위를 둘러본 시우는 고개를 갸웃거렸다.

낯설었다.

지형의 문제가 아니라 근본적으로 뭔가가 달랐다.

"디자인이 바뀌었나?"

나무도 처음 보는 종류였고 하늘을 올려다보니 별이 디테일하게 반짝반짝 거렸다. 무엇보다도 달이 두 개였다. 붉은 달과 푸른 달. 원래 달은 한 개인데다 노란색이었다.

시우는 당황했다.

이것도 해킹의 영향 중 하나겠지만 그 탓인지 여기가 어디진 전혀 알 수가 없었다.

잠시 고민했지만 시우는 어쩔 수 없다고 판단했다.

가만히 있자니 너무 추웠다.

죽는 것은 싫었지만 눈앞에 닥친 추위가 더 싫었다.

일단 대충 돌아다니다 몬스터와 조우하면 싸워보고 힘들면 그냥 죽어보기로 결정했다.

다시 죽으면 이번엔 마을에서 부활할지도 몰랐다. 반팔 반바지 차림은 그대로겠지만 아무래도 숲보다는 마을이 따듯할 것 같았다.

걸음을 옮기던 시우는 뭔가 허전함을 느꼈다.

이미지도 바뀌었지만 뭔가 달라진 것이 더 있는 것 같은 기분이었다.

이내 시우는 항상 신나게 귓가를 맴돌던 배경음악이 사라졌음을 깨달았다.

어쩐지 항상 몬스터를 사냥할 생각으로 신나던 숲이 별로 재미가 없었다.

멀리서 늑대의 울음소리가 들려왔다. 별다른 의미 없는 숲 속 효과음중 하나겠지만 이번에 바뀐 숲의 디자인과 잘 어울려 정말 숲 속을 헤매는 기분이 들었다.

시우는 손을 비비고 입김을 불었다.

몬스터를 사냥하면 레벨 10 정도는 금방 올릴 거라 생각했는데 정작 몬스터가 나오지 않았다.

이상했다.

이건 게임이었다. 주목적은 몬스터를 사냥하는 것이었고 그만큼 마을 바깥에는 몬스터로 널려있는 것이 정상이었다.

그런데 벌써 30분을 걸었지만 몬스터의 그림자도 구경하지 못했다.

기분 탓인지 아까보다 더 추워진 것 같았다.

"설마 밤이 깊어졌다고 기온도 더 떨어진 건가?"

지금까지 게임을 하면서 기온에 신경을 쓴 적은 없었다. 아무래도 추측이 들어맞은 모양이었다. 체감온도가 점점 떨어지고 있었다.

시우는 문득 뭔가를 떠올리고는 스킬창을 열어보았다.

"분명 있을 텐데."

시우는 처음 게임을 시작할 때 검사로 진로를 골라 키웠다. 하지만 시우가 배운 기술은 검술에 한정되어 있지 않았다.

시우의 몸은 아팠다. 로그아웃을 해봐야 절망과 고통밖에 느껴지지 않는 현실은 싫었다. 시우는 말 그대로 게임에 빠져 살았다.

시우는 빠르게 강해졌다. 게임 속에서 할 일이라고는 몬스터를 사냥해 더욱 강해지는 일이었다. 하지만 그것도 이내 시들해졌다. 그때 시우가 눈길을 준 것이 마법이었다.

시우는 스킬창에서 원하던 것을 찾을 수 있었다.

아이템창을 열어 [세계수의 가지]를 꺼냈다.

이름은 범상치 않았지만 그것은 레벨제한이 없는 연습용 마법지팡이였다.

이름이야 어떻든 상관없었다. 지금 시우에게 필요한 것은 온기였다.

시우는 걸음을 멈추고 주문을 외웠다.

"불이여 붙어라. 플레어!"

다행히도 세계수의 가지 끝에 손가락 두 개 정도 크기의 불이 붙었다.

시우는 적당한 나무를 물색해 밑동에 쭈그려 앉았다.

불꽃은 작았지만 한기가 조금은 가시는 것 같았다.

문제는 마력이었다.

단순히 불을 붙일 뿐인 간단한 마법이라도 마력은 소모된다. 시우는 레벨이 초기화되어 마력이 부족한 상태였다. 이대로라면 금방 불이 꺼질 것이 분명했다.

시우는 아이템창에 있는 마력회복 포션을 떠올렸다. 하지만 이내 실망했다. 그것도 레벨제한이 붙어있는 아이템이었다. 혹시나 싶어 아이템창을 확인해 보았지만 1레벨이 사용할 수 있는 포션은 없었다.

제일 제한이 낮은 것이 10레벨용 생명력회복 포션이었고 마력회복 포션은 50레벨짜리가 가장 제한이 낮았다.

　시우는 마법지팡이를 바닥에 꽂으려 했다. 아무래도 지팡이를 들고 있는 손이 춥다보니 손을 자유롭게 하려는 의도였다. 하지만 바닥이 딱딱해 꽂히지 않자 중심을 잃고 비틀거렸다.

　털썩.

　결국 엉덩방아를 찧었다. 돌이라도 깔고 앉았는지 궁둥이가 아팠다.

　손을 넣어보니 부러진 나뭇가지가 있었다.

　시우는 고개를 갸웃거렸다.

　필드의 나무는 파괴불가 오브젝트였다.

　파괴불가 오브젝트는 말 그대로 파괴가 불가능한 물체였다.

　부수지도 태우지도 못한다. 그래서 필드는 언제나 깔끔했었다.

　시우는 새삼 바닥을 살폈다. 나뭇가지와 낙엽이 어지럽게 널려 있었다. 나무가 파괴불가 오브젝트인 이상 그건 있을 수 없는 일이었다.

　혹시나 하는 생각에 시우는 불꽃을 나뭇가지에 갖다 대보았다.

　불이 붙었다. 나무는 더 이상 파괴불가 오브젝트가 아닌 모양이었다.

어쩌면 이번 해킹이 심각한 문제일 수도 있다는 생각도 들었지만 당장엔 안심이 되었다.

나뭇가지를 태울 수 있다면 더 이상 추위에 떨 필요는 없었다.

시우는 바닥에 떨어진 나뭇가지를 줍다가 내친김에 생가지를 꺾어보았다.

뚜둑.

나뭇가지는 큰 저항 없이 부러졌다.

은근히 재미있었다. 이럴 때가 아니면 언제 파괴불가 오브젝트를 부숴볼까.

시우는 신이 나서 나뭇가지를 꺾고 다녔고 장작은 빠르게 쌓여갔다.

나뭇가지 몇 개를 집어던지니 금방 불길이 거세졌다.

따듯한 온기에 몸을 녹이고 있자니 몸을 움직일 생각이 사라졌다.

30분이 넘게 걸었는데 몬스터가 나오지 않는 것을 보면 시스템이 해킹당해 더 이상 몬스터가 없는지도 몰랐다.

만약 있다고 해도 10레벨을 올리려면 엄청나게 돌아다녀야 할 것이다.

시우는 그렇게 자기합리화를 마치며 운영자 아저씨들이 빨리 게임을 고치기를 바랐다.

맨발로 추운 산길을 걸은 탓에 발도 아프고 너무 지쳤다.

자고 일어나면 게임이 고쳐져 있기를 바라면서 눈을 감았다.

✤

"앗 따거!"

허벅지를 찌르는 고통에 잠에서 깼다.

산등성이로 고개를 내미는 해를 보니 아침인 모양이었다.

시우는 잠을 깬 원인을 찾아 허벅지를 살폈다. 그곳에는 웬 기다란 가시가 박혀있었다. 얼마나 긴지 허벅지를 깊이 찌르고도 10센티미터 이상 삐죽 튀어나와 있었다.

자세히 보니 나뭇결이 보이는 게 의도적으로 뾰족하게 깎은 나뭇가지인 모양이었다.

시우는 주변을 둘러보았다. 그때 나무 위에서 이상한 소리가 들려왔다.

꼬르르.

소리가 들려온 나무 위를 올려보니 원숭이를 닮은 이상한 짐승이 보였다. 그 손에는 1미터 길이의 대나무 통을 들고 있었다.

아마 나뭇가지를 뾰족하게 깎아 바람총처럼 쏘아내는데 쓰이는 것 같았다.

너무 아팠다.

병으로 고통은 충분히 맛봤다고 생각했는데 생살을 뚫고 박힌 가시는 병으로 겪는 고통과는 또 달랐다.

게임인데 왜 고통스럽지?

시우는 당황스럽고 억울했지만 이내 눈앞에 뜨는 경고창에 정신을 차릴 수밖에 없었다.

띠링!

[인두 독개구리의 독에 중독되었습니다. 지속적인 피해를 입습니다.]

"독?!"

시우는 무의식적으로 해독 포션을 찾았지만 이내 레벨 제한이 걸려 사용하지 못한다는 것을 떠올릴 수 있었다.

시우는 오른쪽 눈을 가렸다.

그러자 3개의 반투명한 유리구슬이 나타났다.

원래라면 생명력과 마력을 나타내는 유리구슬만 나타나야 했는데 또 그놈의 해킹이 문제인 모양이었다.

시우는 가운데 유리구슬을 무시하고 생명력을 나타내는 붉은 유리구슬을 확인했다.

생명력 (50/100)

벌써 피가 반이나 줄었다. 빨리 해독을 하지 않으면 죽을지도 몰랐다.

시우가 깜짝 놀라 자리에서 일어났다.

순간 허벅지에서 엄청난 고통이 밀려왔다.

"악!"

마치 붉게 달군 인두로 지지는 듯한 고통이었다. 아마 독의 효과중 하나인 모양이었다.

시우는 쓰러졌다. 움직이지 않으면 괜찮은지 고통이 가라앉았다. 다시 일어날 엄두가 나지 않았다. 아니, 다시 일어나도 검이나 창 따위론 나무 위에서 내려올 생각을 않는 녀석을 상대할 방도가 없었다.

시우는 나무위의 짐승을 노려보았다.

아마 몬스터겠지만 시우는 처음 보는 종류였다.

왼쪽 눈을 가리니 녀석의 정보가 반투명한 창에 떠올랐다.

회색 코리 Lv.7

헤카테리아 대륙 전역에 분포한 몬스터로 꼬르르 하고 우는 소리에서 코리라는 이름이 붙었다. 미개하나마 약간의 지능이 있어 인간의 무기를 훔치거나 독바람총을 만들

어 사용한다. 튼튼한 꼬리와 긴 팔다리를 이용한 나무타기
가 특기이다. 기본적으로 부족단위로 모여 살며 한 마리가
보이면 백 마리가 살고 있다는 격언으로 유명하다. 그 외
에도…….

고작 레벨 7?

다른 건 눈에 들어오지도 않았다.

레벨 7이라기엔 사냥이 너무 어려운 몬스터였다.

나무 위에서 내려오지도 않고 장거리 무기로 공격해오
는데 이걸 어떻게 상대하란 말인가?

흥분하니 다시 허벅지가 뜨거워졌다.

하지만 감정은 어떻게 자제할 수가 없었다. 흥분하니 허
벅지가 아파오고 아프니 더 화가 나는 악순환에 빠졌다.

끼끼끼르르!

코리는 불난데 부채질을 하고 있었다. 시우기 빈항조차
못하는 게 기분이 좋은 지 실실 웃어댔다.

죽거나 살거나 저놈만은 길동무로 삼아야 기분이 풀릴
것 같았다.

시우는 앉은 자세로 돌맹이를 주워 던졌지만 자세도 나
쁘고 힘도 없었다. 게다가 코리는 재빨랐다. 시우가 돌맹
이를 집어들 땐 이미 다른 나무로 이동한 뒤였다.

끼르르 끼끼끼끼!

코리의 웃음소리가 커졌다.

생명력도 20포인트밖에 남지 않았다.

눈앞이 가물가물해지면서 기분이 이상해졌다.

그것은 시우에겐 너무나 익숙한 것이었다.

병마와 싸우며 느낀, 생명이 경각에 달해 죽어가는 감각.

시우는 소름이 끼쳤다.

고작 게임일 뿐인데 정말로 죽어가는 것 같았다.

정신이 또렷해졌다.

"가방!"

시우는 아이템창을 열었다. 장거리 무기가 필요했다.

코리의 레벨은 7.

저레벨 때의 기억은 잘 나지 않지만 1레벨이 7레벨 몬스터를 잡으면 단번에 레벨업을 하는 것도 가능할 것이다. 레벨업만 하면 생명력이 회복되어 살아남을 수 있었다.

시우의 시선이 [연노궁]에 닿았다.

크랭크식 장치로 빠른 장전이 가능한 크로스 보우였다.

시우는 연노궁을 꺼내 들고 연노궁의 손잡이를 앞으로 넘겼다가 당겼다.

약간의 저항감은 들었지만 실제 크로스 보우가 장전하

는데 제법 긴 시간이 걸린다는 걸 감안하면 연노(連弩)라는 이름이 아깝지 않은 장전속도였다.

풍!

첫발이 빗나갔다.

코리는 당황해서 아직도 상황을 제대로 파악하지 못하고 있었다.

그것도 그럴 것이 코리는 시우에게 무기가 없다는 것을 이미 확인했었기 때문이었다.

손잡이를 앞으로 넘겼다가 당기자 채 10초도 걸리지 않아 볼트가 재장전 되었다.

풍!

이번에도 빗나갔다.

코리가 도망치기 시작했다.

시우는 보다 빨리 볼트를 재장전 했다.

연노궁이 익숙해지자 재장전도 더 빨라졌다.

피웅! 퍽!

후두두둑.

멀리서 나무위에서 떨어지는 코리가 보였다.

뒤통수를 꿰뚫은 클린샷이었다.

팔에 힘이 들어가지 않았다. 어렵게 손을 들어 오른쪽 눈을 가렸다.

생명력 (5/100)

띠링!

[생명력의 저하로 인해 빈사상태에 빠집니다. 행동이 불가능해 집니다.]

시우의 오른손이 힘없이 툭 떨어졌다.

"씨발. 왜 레벨업이……."

시우의 눈에서 눈물이 흘렀다. 그리고 그때였다.

푸화앗!

띠링!

[레벨이 1 상승하셨습니다.]

[레벨업 효과로 생명력과 마력, 원력이 회복됩니다.]

[스탯 포인트가 2개 자동분배 됩니다. 남은 스탯 포인트가 3개 상승합니다.]

[모든 상태이상 효과가 회복됩니다.]

시우는 아무 일도 없었다는 듯 멀쩡하게 일어나 눈물을 훔쳤다.

시우는 죽는 것이 더 싫어졌다.

죽을 뻔한 것도 문제였지만 더 큰 문제는 고통이었다.

지금은 거짓말처럼 상처가 사라졌지만 당시의 고통을 떠올리니 절로 몸서리가 쳐졌다. 다시는 겪고 싶지 않은 끔찍한 고통이었다.

시우는 심각해졌다.

자고 일어나면 고쳐질 줄 알았던 오류들이 하나도 고쳐지지 않았다. 혹시 바깥에서 연락이 없었을까 쪽지창을 확인했지만 쪽지는 오지 않았다.

운영자 아저씨들이 아직 해킹 사실을 모르는 것인지 아니면 쪽지창도 먹통이 된 건지 알 수가 없었다.

일단 운영자 아저씨의 스마트폰으로 쪽지를 보내봤다. 에러창이 뜨며 보내지지 않았다.

바깥으로 나가는 건 꺼려졌지만 이렇게 된 이상 바깥에 연락을 취할 방법은 로그아웃을 하는 것밖에는 남지 않았다.

"로그아웃!"

띵!

[Error! 사용할 수 없는 기능입니다.]

"씨발!"

시우는 흥분을 주체할 수 없었다.

이로써 시우가 바깥에 연락을 취할 방도는 하나도 남지 않았다

시우는 잠시 고민했지만 이렇게 고통이 심해서야 사냥을 계속할 수는 없었다.

몬스터가 없는 마을로 가야했다.

가장 빠른 방법은 스스로 목숨을 끊는 것이었지만 이미

숲 속에서 부활한 시점에서 마을에서 부활할 수 있으리라 곤 확신할 수 없었다.

게다가 고통이 너무 심했다. 고통이 없는 방법을 찾더라도 생명력을 잃어가며 서서히 죽어가던 상황을 회상하면 꺼려지는 방법이었다.

시우는 일단 두 발로 직접 걸어 마을을 찾아보기로 했다.

죽는 것은 최후의 방법이었다.

멀리서 코리의 시체가 보였다.

순간 시우의 뇌리로 드롭 아이템이 떠올랐다.

코리의 레벨은 7이니 만약 아이템을 떨어트렸다면 1에서 10레벨 사이의 제한이 붙어있을 것이다.

10레벨 제한이 걸린 아이템을 떨어트렸다면 낭패였지만 1레벨 아이템이라도 떨어졌다면 지금의 상황에선 매우 큰 도움이 될 것이다.

"이건 또……."

이젠 놀라는 것도 지쳤다.

그놈의 해킹이 문제였다.

원래 몬스터를 죽이면 그 시체는 점차로 투명해지며 이내 사라지기 마련이다. 그 자리엔 몬스터를 사냥한 보상으로 아이템이 떨어질 때도 있다.

그런데 코리의 시체는 사라지지 않았다.

그 뿐 아니라 시체가 너무 사실적이었다.

볼트가 꽂힌 코리의 뒤통수에서 피가 섞인 뇌수가 흘러나오고 있었다.

징그러웠지만 한편으론 복수를 달성했다는 만족을 느낄 수 있었다.

혹시 시체가 사라지는데 시간이 더 걸릴 뿐인가 싶어 한참을 기다려보았지만 코리의 시체는 사라지지 않았다.

그저 더 많은 피가 흘러나오더니 슬슬 굳어가고 있었다.

시우는 실망했다.

아쉬운 마음에 다가가 시체를 툭툭 차봤지만 바뀌는 건 없었다.

시우는 코리의 시체를 뒤로 하고 걸음을 옮겼다.

해가 떴기 때문인지 지난 밤 같은 추위는 느껴지지 않았다. 다행이었다.

시우는 연노궁을 들고 혹시 코리가 숨어있을까 나무 위를 경계하며 계속해서 걸어갔다. 딱히 방향은 정하지 않았지만 해가 뜬 방향을 감안하면 북쪽으로 걷는 듯했다.

한참을 걸었지만 코리나 다른 몬스터는 나오지 않았다.

그 대신 다람쥐나 토끼, 도마뱀과 새, 심지어는 모기를 시작으로 수많은 곤충에 이르기까지 다양한 생물들이 보였다.

참 디테일한 것이 전보다 개선되었다는 느낌이었다. 이게 해킹인가 잠시 의심도 해봤다. 아마 업데이트 준비중이던 데이터가 해킹 때문에 자동으로 업데이트 되었을 거라고 생각을 정리했다.

걷기 시작한 지 한 시간쯤 지났을까? 시우는 이미 지쳐버렸다. 아마도 레벨이 낮은 탓일 것이다.

레벨을 생각하니 코리를 잡고 레벨업을 했던 것이 떠올랐다.

남은 스탯 포인트를 아직 분배하지 않았다.

"능력정보."

이름–최시우
레벨–2
종족–인간
칭호–?

생명력 (101/101)
마력 (10/10)
원력 (?/?)

근력 : 5
순발력 : 6

체력 : 6

정신력 : 5

남은 스탯 포인트 : 3

상세정보…….

능력치가 너무 낮아 상세정보는 보나마나였다.

스탯창을 살피던 시우가 고개를 갸웃거렸다.

뭔가 이상한 곳이 하나 둘이 아니었다.

먼저 첫째로 생명력이 이상했다.

이번에 획득한 자동분배 스탯은 순발력과 체력이 1씩 올라갔는데 체력과 연관된 생명력 수치가 이상했던 것이다.

생명력은 체력 스탯을 1 올릴 때마다 20씩 오른다. 그러니 체력이 기본 스탯인 5라면 생명력이 100인 것이다. 거기서 체력이 1 더 올랐다면 생명력의 정상 수치는 120이 돼야 하는데 1밖에 올라가지 않았다.

스탯 포인트 하나에 생명력이 1밖에 올라가지 않는다고? 효율이 너무 나빴다.

시우는 인상을 찌푸리다가 시선을 돌렸다.

둘째로 이상한 것은 원력이라는 능력치였다.

이것은 기존에 없던 능력이었다. 아마 오른쪽 눈을 가리면 보이던 세 번째 유리구슬이 원력인 모양이었다.

어디에 쓰이는 능력치인지는 알 수 없었지만 시우는 그냥 무시하기로 결정했다.

다음은 지능이었다.

지능은 마력량과 깊은 연관이 있어 스킬을 사용하려면 무조건 올려야 하는 스탯이었다. 그런데 지능 스탯이 사라지고 없었다. 그 대신 정신력이라는 스탯이 새로 생겨났는데 거기에는 남은 스탯 포인트를 투자할 수가 없었다.

짜증이 났다. 하지만 이내 한숨을 내쉬며 체념했다.

화를 낸다고 바뀌는 건 없었다. 지금 중요한 것은 남은 스탯 포인트를 적절하게 분배하는 것이다.

시우는 고민했지만 아무리 생각해도 지금 올릴 만한 것은 순발력밖에 없었다.

원래는 코리에게 죽을 뻔했던 게 마음에 걸려 생명력을 올리려 했었다. 하지만 생명력이 1씩밖에 올라가지 않는다면 올리나 마나였다.

근력을 올리면 기본공격력이 상승하지만 장거리 무기인 연노궁은 근력 스탯에 영향을 받지 않았다.

검을 주로 사용하는 시우로서는 근력이 제일 중요했지만 어차피 마을만 찾으면 시스템이 복귀될 때까지 그 안에서 쉴 생각이었다. 아마 검을 쓸 차례는 오지 않을 것이다.

근력을 포기하니 남은 것은 순발력뿐이었다.

시우는 순발력에 남은 스탯 포인트를 전부 투자하고 걸음을 옮겼다.

크게 바뀐 것은 없지만 몸이 가벼워진 기분이 들었다.

내친김에 전력으로 달려봤지만 체력이 낮은 탓인지 금방 지쳐버리고 말았다. 다음에는 체력도 적당히 올리자고 생각했다.

꾸르륵!

허기가 졌다. 현실의 몸에서 느껴지는 것인지 이것도 해킹의 영향인지 알 수 없었다.

혹시 먹을 것이 없나 아이템창을 열어보니 군것질 거리로 사놨던 육포가 눈에 띄었다. 원래 게임 속에선 허기가 지지 않지만 맛은 느껴지기 때문에 사놓은 것이었다.

육포를 입에 무니 매콤한 듯 짭짤한 간이 입맛에 맞았다.

육포는 많다. 무슨 생각을 했었는지 1,000개 묶음을 10개나 사놨다. 그것이 시우를 흡족하게 만들었다.

시우는 육포를 입속에 우겨 넣으며 계속해서 걸음을 옮겼나. 신기하게도 육포를 10조각쯤 먹을 때 허기가 사라지고 포만감이 들었다. 육포가 맛있어 구미가 당겼지만 배가 불러 더 이상 먹을 수 없었다.

시우는 아쉬운 듯 입맛을 다셨지만 어쩔 수 없이 육포를 아이템창에 돌려놓았다.

해가 중천에 떴다. 정확한 시간은 알 수 없었지만 이미 정오가 지난 모양이었다.

잠시 멈춰 서서 아픈 다리를 두드리는데 이상한 소리가 들려왔다.

꼬르르!

끼르르르!

시우는 나무 뒤로 숨었다. 잠깐 사이 손에 땀이 맺히기 시작했다.

코리였다.

하지만 이번엔 한 마리가 아니었다. 아직 모습은 보이지 않지만 멀리서 들리는 소리로 판단하면 적어도 3마리 이상이었다.

나무 옆으로 슬쩍 고개를 내밀어 살펴보았다.

3마리는 무슨, 적어도 10마리는 되었다.

잠깐 사이 많은 생각이 스쳐지나갔다.

숨어 있을까?

도망갈까?

본능은 그렇게 말했지만 수많은 게임 경험으로는 이미 알고 있었다.

독가시를 몇 방 맞더라도 아직 멀리 있을 때 나서서 연노궁을 연사하는 것이 살길이었다.

독가시의 고통을 떠올리니 마음이 흔들렸다. 들키지만

않는다면 숨어있고 싶지만 놈들의 진행방향과 수를 보아서 그것은 어려운 바람이었다.

'레벨업만 하면 돼. 난사로 전부 죽여서 레벨업만 하면 해독될 거야. 괜찮아. 독이 돌기 전에 전부 죽이면 돼.'

시우는 마른 침을 삼키고 연노궁의 손잡이를 앞으로 넘겼다가 당겼다.

볼트가 확실히 장전된 것을 확인하고 나와 코리를 겨누고 쏘았다.

퓽! 퍽!

크로스 보우의 시위가 팅기는 소리는 언제 들어도 경쾌했다.

끼끼끼끽! 끼르끽!

첫발이 명중하자 기분은 좋았지만 코리의 성난 울음소리에 서둘러 나무 뒤로 숨었다. 아직 코리와의 거리는 100미터나 되었는데 코리의 독가시가 나무에 박히는 소리가 들려왔다.

괴물 같은 폐활량에 난색을 표했지만 머뭇거릴 시간은 없었다.

순식간에 볼트를 재장전한 뒤 이번엔 나무 반대편으로 고개를 내밀어 쏘았다.

퓽! 퍽!

"억!"

쏘자마자 바로 숨었는데 왼팔에 독가시가 꽂혀 있었다. 기겁을 하며 바로 뽑았지만 어김없이 중독되었다.

띠링!

[인두 독개구리의 독에 중독되었습니다. 지속적인 피해를 입습니다.]

큰일이었다. 왼팔을 움직이니 화상을 입은 듯한 고통이 느껴졌다. 왼손으로 조준을 하기 때문에 이렇게 되면 명중률이 떨어질 수밖에 없었다.

대책으로 연노궁을 옮겨 잡아 왼손으로 방아쇠를, 오른손으로 조준을 해봤다. 자세가 어색한 덕분에 볼트는 코리를 비켜갔고 오른쪽 허벅지에 독가시를 한 방 더 쏘였다.

"왜 레벨업이 안 되는 거야."

2레벨이 됐다지만 상대는 7레벨 몬스터였다.

2마리나 잡았으면 레벨업이 될 만한데 되지 않자 조바심이 났다.

왼쪽 눈을 가리고 고개만 빨리 내밀어 코리가 몇 마리나 남았는지 확인해 보았다.

숨어있는 코리까지 전부 10마리가 살아있었다. 그 중 2마리는 시우가 쏘아 떨어트린 코리였다. 볼트에 명중당해 움직이진 못하지만 아직 살아있는 모양이었다.

어려울 거라는 건 처음부터 각오하던 일이었지만 좀처

럼 생각대로 되지 않아 짜증이 났다.

중독으로 이미 피가 반이나 날아간 상태였다. 놈들도 그런 시우의 상태를 알고 있는지 몸을 숨기고 시우가 죽기만을 기다리고 있었다.

시우는 도박에 나섰다. 일단 바닥에 떨어진 두 놈을 죽여 레벨업을 해야만 했다.

볼트를 장전한 시우는 나무에서 튀어나와 절뚝이며 앞으로 향했다. 코리들이 신이 나서 독가시를 쏘아댔지만 무시하고 바닥에 떨어진 코리를 쏘았다.

꿈틀거리던 움직임이 사라지는 것을 보니 죽은 모양이었다.

독가시에 몇 방을 맞았는지 알 수 없었다. 전신이 불타는 듯했다.

정신이 아찔해졌지만 시우는 서둘러 볼트를 재장전한 뒤 나머지 한 놈을 쏘았다.

갑자기 시우의 전신에서 황금빛 바람이 뿜어져 나왔다.

푸화앗!

띠링!

[레벨이 1 상승하셨습니다.]

[레벨업 효과로 생명력과 마력, 원력이 회복됩니다.]

[스탯 포인트가 2개 자동분배 됩니다. 남은 스탯 포인트가 3개 상승합니다.]

[모든 상태이상 효과가 회복됩니다.]

몸이 회복되자마자 시우는 수풀에 몸을 숨겼다.

코리들은 시우가 독에 의해 죽는 걸 기다리는지 몸을 숨기고 나올 생각을 하지 않았다.

시우는 바닥에 배를 대고 침착하게 기다렸다.

한 놈이 참지 못하고 고개를 내밀고 두리번거렸지만 수풀에 숨은 시우를 찾을 수 없었다.

저격할 시간은 충분했다.

퓽! 퍽!

이번엔 머리에 명중시켜 한 번에 죽였다.

끼끼끼끽!

꼬르르!

동요했는지 놈들의 울음소리가 커졌다.

볼트가 날아온 방향으로 시우가 어디 있는지 알아낸 모양이었다. 한 놈이 시우를 향해 독가시를 쏘았지만 수풀에 막혔다.

시우는 미리 장전해둔 볼트를 쏘았지만 놈은 이미 숨은 뒤였다.

다시 장전하려고 손잡이를 넘기니 놈들도 볼트를 장전하는데 어느 정도 시간이 필요하단 걸 알고 있는지 단체로 나타나 독가시를 쏘아댔다.

대부분이 수풀에 막혔지만 두어개가 수풀을 뚫고 시우

의 어깨와 등허리에 박혔다.

시우도 수풀에서 일어나 대응사격을 시작했다.

놈들은 몇 번 겪고도 아직 연노궁의 장전속도를 평범한 크로스보우와 착각하는 모양이었다.

퓽!

한발을 쏘고 5초 만에 재장전을 마쳐 다시 한 발.

퓽!

후두두둑!

두 마리가 떨어지고 시우의 가슴에 3개의 독가시가 박혔다.

시우는 숨지 않고 재차 재장전해 연노궁을 쏘았다.

퓽! 퓽! 퓽!

백발백중이었다.

시우 스스로도 놀라울 정도의 명중률이었지만 그것보다도 레벨업이 되지 않는 것이 신경 쓰였다. 가슴이 녹아내리는 착각이 일어나 내려다 봤지만 그냥 가시가 3개 박혀 있을 뿐이었다.

해독 포션만 사용할 수 있었으면!

시우는 바닥에 떨어진 코리를 쏘아 레벨업을 해보려고 했다. 하지만 모두 수풀에 가려있어 노릴 수가 없었다.

나무 위에 남은 코리를 마저 떨어트리는 것이 살아남는 길이라고 판단했다.

바람총의 독가시 장전이 끝났는지 한 놈씩 고개를 내밀자 그것을 노리고 볼트를 쏘았다.

퓽! 퓽! 퓽! 퓽! 피웅!

5발 모두 명중했는지는 알 수 없었다.

그 대가로 맞은 독가시가 5발이라는 것만 알 수 있었다.

눈앞이 핑 돌며 몸을 가눌 수가 없었다.

풀썩.

"크으으!"

죽을 것 같았다. 하지만 아직 빈사상태도 아니었고, 생명력도 20포인트나 남아있었다.

단지 고통에 못 이겨 쓰러졌을 뿐이었다.

'몇 놈이나 남았지?'

움직일 수는 있지만 이 상태로는 도저히 연노궁을 쏠 수가 없을 것 같았다.

만약 한 놈이라도 살아있다면…….

'아니야! 기어서라도 한 놈만 죽인다면, 어쩌면……!'

시우는 연노궁도 버리고 바닥을 기었다. 다행히도 독가시는 날아오지 않았지만 숨어서 죽기를 기다리는 것인지, 아니면 독가시를 장전하는 중인지는 알 수 없었다.

꿈틀거리는 코리가 눈에 들어왔다. 내팽개친 연노궁이 아쉬웠지만 다시 돌아갈 수도 없었다.

시우는 아이템창에서 검을 뽑아 열심히 기었다.

푹!

움찔하고 발작한 몸이 푹 늘어졌다.

푸화앗!

띠링!

[레벨이 1 상승하셨습니다.]

[레벨업 효과로 생명력과 마력, 원력이 회복됩니다.]

[스탯 포인트가 2개 자동분배 됩니다. 남은 스탯 포인트
가 3개 상승합니다.]

[모든 상태이상 효과가 회복됩니다.]

시우는 열심히 몸을 굴려 수풀에 숨었다. 코리가 몇 놈
이나 남았는지 알 수 없었다.

한참을 숨어서 눈치를 보았지만 도망을 친 것인지 나무
위에서는 더 이상 코리가 보이지 않았다.

혹시라도 숨어있을 코리를 경계하며 달려 나와 내팽개
친 연노궁을 집어 들었지만 날아오는 독가시는 없었다.

바닥에 떨어진 코리를 살펴보니 이미 죽은 놈이 여섯,
아직 살아있는 놈이 넷이었다.

놀랍게도 정신없이 쏘아댄 볼트가 모두 명중했던 깃이
다.

"코리 같은 새끼들!"

시우는 진저리를 쳤다. 전투가 끝나고 안심이 되니 눈물
이 다 나왔다.

시우는 왼쪽 눈을 가리고 볼트통에 남은 볼트 개수를 확인해 보았다.

남은 볼트 수 : 121발

최대 열 발이나 들어갈까 싶은 작은 볼트통이었지만 그렇게 쏘아대고도 100발이 넘게 남아있었다.

시우는 그것도 적게 느껴졌지만 상관없었다. 이것과 같은, 최대 500발까지 수용 가능한 볼트통이 아직 10개 이상 남아 있었다.

시우는 연노궁을 아이템창에 집어넣고 검을 뽑아들었다.

아직 살아서 꿈틀거리는 코리를 죽여야 했다.

퍽! 푹! 찍!

"으엑!"

급해서 코리를 죽였을 땐 몰랐다. 검으로 살을 가르는 감촉은 기분이 더러웠다. 하지만 그뿐이었다. 몬스터는 죽이라고 있는 존재였다.

팔뚝에 돋은 닭살을 손으로 비빌 때였다.

푹!

"어?"

허벅지에 독가시가 박혔다.

볼트에 다리를 뚫린 녀석이 대나무 통이 떨어진 곳까지 기어가 기어코 시우를 쏜 것이다. 깜짝 놀란 시우가 검을 던져 녀석의 머리를 빠갰지만 레벨은 오르지 않았다.

띠링!

[인두 독개구리의 독에 중독되었습니다. 지속적인 피해를 입습니다.]

시우에게는 아직 레벨업을 제외한 해독법이 없었다.

Respawn

NEO FUSION FANTASY STORY & ADVENTURE

2장.
NPC

2장.
NPC

리스폰

시우는 당황했다.

중독의 지속 데미지는 1초에 1피씩이라 잠깐 당황한 사이에 생명력이 10이나 줄어 있었다.

코리 사냥이 끝난 시우의 최대 생명력은 104.

중독의 지속시간은 알 수 없었지만 이대로라면 1분 30초도 버티지 못하고 죽을 것이 분명했다.

시우는 혹시 못보고 넘어간 이이템이 없을까 아이템창을 열어보았지만 중독에 도움이 될 만한 물건은 없었다.

시우는 이번 레벨업으로 남은 스탯 포인트가 6개인 것을 떠올렸다. 약간의 편법으로 체력 스탯을 올리면 남은 생명력이 회복되는 효과를 기대할 수 있다는 생각이 들었다.

하지만 그 방법도 더 이상은 쓸 수 없었다. 원래는 한 번에 20씩 오르던 생명력도 이제는 체력 스탯 하나에 1씩밖에 오르지 않았다.

남은 스탯 포인트를 모두 체력에 투자한들 기껏해야 수명이 6초 늘어날 뿐이었다.

시우는 조바심이 났지만 한편으로는 차라리 잘 된 일이 아닐까도 싶었다.

이대로 죽어서 마을로 돌아가는 것이 가능한지 한 번쯤 확인해 보는 것도 나쁘지는 않다고 생각했다.

남은 생명력이 60을 찍었다.

이대로 60초만 기다리면 시우는 죽을 수 있을 것이다.

바닥에 털썩 주저앉은 시우는 생명력이 빠져나가는 것을 지켜보았다.

하지만 60초는 제법 긴 시간이었고 그 사이에 시우의 마음은 계속해서 흔들렸다.

이게 과연 잘하는 짓인지 회의감이 들었다. 게임일 뿐이라고 스스로를 설득했지만 눈앞이 아득해지고 전신이 무기력하게 늘어지기 시작하자 두려움이 앞섰다.

역시 죽는 것은 싫었다.

살아남자고 생각하는 순간 시우는 살아남을 수단을 떠올렸다.

[리제너레이션].

흔히 리젠이라고 불리는 이것은 비전투시에 휴식을 취하며 생명력과 마력을 회복하는 스킬이었다.

마침 리젠 스킬의 효과가 1초에 생명력을 1씩 회복하는 것이었다. 극악의 효율이었다. 평소라면 이것도 쓰라고 있는 거냐며 투덜거렸겠지만 포션을 사용할 수 없는 지금 그것은 시우가 생명력을 회복할 유일한 수단이었다.

시우는 리젠 스킬을 발동시켰다.

남은 생명력이 7에서 6을 오가며 더 이상 줄어들지 않았다.

살아남았다.

순간 뇌리를 스치는 그 생각에 시우는 피식 웃고 말았다.

중독효과는 생각보다 오래갔다.

5분이면 충분할 거라고 생각했는데 30분이 지나서야 피가 차기 시작했다.

멍하니 시간을 때우던 시우는 퍼뜩 정신을 차리고 스탯 창을 열었다.

이름-최시우

레벨-4

종족-인간

칭호-?

생명력 (27/104)

마력 (11/11)

원력 (?/?)

근력 : 6

순발력 : 9

체력 : 9

정신력 : 5

남은 스탯 포인트 : 6

상세정보…….

"엥?"

마력의 최대치가 올라갔다.

혹시 자동분배로 정신력이 올라갔나 싶었지만 정신력은 여전히 기본수치인 5였다. 아무래도 정신력과 최대 마력량은 아무런 연관 관계가 없는 모양이었다.

해킹이 지금까지 많은 문제를 일으키긴 했지만 원인도 없이 그런 적은 없었다. 시우는 잠시 생각한 뒤에 답을 찾았다.

"리젠 때문인가?"

의심할만한 원인은 그것밖에 떠오르지 않았다. 지능 스탯이 사라진 상황에 마력을 올릴 방법을 찾았다는 것은 기쁜 소식이었지만 생명력이 그랬듯 효율이 너무 좋지 않았다.

30분간 리젠 스킬을 사용했는데 고작 1이 올라가다니.

시우는 고개를 저으며 마력에 대한 생각을 떨쳐냈다.

지금 중요한 것은 남은 스탯 포인트를 분배하는 방법이었다.

원래 시우는 스탯 포인트를 얻으면 모든 스탯을 순발력과 체력에 투자할 생각이었다. 하지만 숲을 헤매는 사이 생각이 바뀌었다.

일단 주변 지형을 파악해야 했다. 그러기 위해선 높은 곳에 올라가야 했는데 지금의 근력으로는 나무를 오르기가 여의치 않았다.

시우는 잠시 고민한 뒤에 남은 스탯 포인트를 전부 근력에 투자했다.

리젠으로 생명력을 마저 회복한 시우는 자리를 털고 일어나 높이 자란 나무 하나를 잡고 기어오르기 시작했다.

나무의 정상에서 펼쳐진 광경은 시우의 말문을 틀어막았다.

끝없이 펼쳐진 수해가 지평선을 그리고 있었다.

막연히 걷다보면 마을이 나오겠지 하고 있던 시우로서는 기가 막히는 광경이 아닐 수 없었다. 어느 방향을 보아도 우거진 나무밖에는 보이지 않았다.

역시 한 번 죽어볼 걸 그랬나 후회하는 시우의 시선 끝에 뭔가가 스멀스멀 올라왔다.

연기였다. 누구인지는 모르겠지만 숲에서 불을 피운 모양이었다.

시우는 반가움이 앞섰다. 처음으로 사람의 흔적을 발견했으니 그럴 수밖에 없었다.

하지만 대충 방향을 확인한 시우는 마음이 급해졌다. 연기는 지평선 너머에서 올라오고 있었다. 거리를 가늠하기 어려웠다. 어쩌면 그곳에 도착하기 전에 자리를 이동할 지도 몰랐다.

시우는 급하게 나무를 내려왔다. 너무 급한 나머지 가지를 헛디뎌 떨어졌지만 신경 쓰지 않았다. 그들이 다른 곳으로 이동하기 전에 만나야 했다.

시우는 달리기 시작했다.

⚜

월영용병단 소속 용병 모건은 하품을 쩍쩍 하며 당직을 보고 있었다. 그의 임무는 야간에 있을 몬스터의 습격에 대비해 경계를 서는 것이었다.

그러나 오랜 용병 생활로 이렇게 많은 인원이 모여 있으면 지나가던 코리들도 도망간다는 사실을 익히 아는 모건으로선 긴장은커녕 그저 잠을 자지 못한다는 사실이 짜증 날 뿐이었다.

그때 모건의 귓가로 사람의 목소리가 들렸다.

"wjrldy!"

처음에는 잘못 들은 줄만 알았다. 그것도 그럴 것이 이곳은 코리의 숲 중앙. 가장 가까운 마을만 해도 걸어서 5일은 걸리는 장소였다. 만약 그런 곳에서 사람의 목소리가 들린다면 그게 정말 살아있는 사람인지 의심부터 해야 할 상황이었다.

그러나 잠시 후 사람의 목소리는 더욱 크게 다가왔다.

"dkaneh djqtdjdy?"

모건은 등골을 타고 흐르는 전율과 함께 앉아있던 자리에서 퍼뜩 일어났다.

결코 잘못들은 것이 아니었다. 그건 분명 사람의 목소리였다.

몬스터는 아니라지만 도저히 이해할 수 없는 일에 모건은 바짝 긴장했다.

비상종을 울릴까? 하지만 몬스터도 아닌데?

막 용병이 된 신입처럼 허둥대던 모건은 결국 비상종을 울렸다.

땡땡땡땡!

천막 안에서 눈을 붙이고 있던 동료들이 철검과 방패,

활을 들고 뛰어나왔다.

월영용병단의 단장 잭이 모건에게 다가왔다.

"보고해."

"저, 그게, 몬스터는 아니고……."

모건의 대답에 잭의 눈빛이 사나워졌지만 모건은 스스로의 판단이 틀렸다곤 생각하지 않았다.

"저쪽에서 사람 목소리가……."

그제야 잭의 눈빛이 누그러졌다. 하지만 그 대신 그의 눈빛에 긴장이 서렸다. 그가 생각하기에도 이런 곳에 사람이 돌아다닐 것이라곤 생각되지 않았기 때문이었다.

코리의 숲이 어떤 곳이던가? 월영용병단처럼 인원이 많은 용병단도 코리를 상대할 활과 방패, 그리고 비싼 가격의 해독제를 바리바리 싸들지 않고는 들어서기도 두려운 곳이었다.

그런 곳에서 사람의 목소리가 들렸다고 한다면 비상종을 울렸다고 비난을 할 수는 없었다.

"월영용병단, 전원 대인 방어 대형으로!"

잭의 명령에 코리의 습격에 대비해 옹기종기 모여 있던 용병들이 흩어지기 시작했다.

그리고 잠시 후 수풀을 가르고 한 소년이 월영용병단 앞으로 나타났다.

흑발과 흑안을 지닌 이국적인 외모의 어린 소년이었다.

시우는 달렸다. 희미하지만 분명 종소리가 들렸다.

돌에 발이 걸려 발톱이 깨지고 바닥을 굴렀다. 다시 일어나려는데 다리가 후들거렸다. 하루 종일 달린다고 이미 지칠 대로 지쳐버렸다. 시우는 이를 악물고 일어나 걸음을 옮겼다.

불빛이 보였다. 장작불인 모양이었다. 곧 사람을 만날 수 있다는 생각에 울먹이던 시우의 얼굴이 조금은 밝아졌다.

그리고 수풀을 헤치자 수많은 사람들이 보였다.

검과 방패로 무장하고, 짐마차 위에서 활로 시우를 겨누고 있는 사람들.

시우가 깜짝 놀라 주저앉자 누군가 말을 걸어왔다.

"〈누구냐. 신분을 밝혀라. 어떻게 코리의 숲에서 살아남았지?〉"

"뭐, 뭐라는 거야. 한국어로 얘기해."

"〈헤카테리아 대륙 공용어를 모르나? 누구 저놈이 어느 나라 말로 떠드는 지 아는 사람 있어?〉"

잭이 물었지만 용병들은 하나같이 고개를 저었다.

잭은 난감했다.

보아하니 무기도 없고 아직 어린 소년이라 위협은 느껴

지지 않았다. 하지만 그렇기 때문에 더 의심스러웠다.

어떻게 무기도 없는 어린 소년이 코리의 숲에서 살아남 았지? 말이라도 통하면 직접 물어보기라도 할 텐데 상대 는 말도 통하지 않았다.

"〈어쩔 거야, 단장?〉"

모건의 질문에 잭은 묵묵부답이었다.

그 때 짐꾼들과 함께 짐마차 밑에 숨어있던 한 사내가 걸어 나왔다.

짐꾼들과는 다르게 로브를 입고 있는 사내였다. 그의 가 슴에는 노란색 수실로 태양이 새겨져 있었다. 시우는 알 수 없었지만 그는 태양신 엘라를 섬기는 사제였다.

"〈아무래도 그는 외모나 사용하는 언어로 보아 헤카테 리아 사람이 아닌 모양이군요.〉"

"〈그렇다면?〉"

"〈아마 아카리나 대륙에서 넘어온 노예가 아닐까 싶습 니다. 코리의 숲 너머에 있는 항구도시에 가면 우리와 다 른 피부색을 가진 노예들을 볼 수 있다는 이야기를 들어본 적 있습니다.〉"

잭의 표정이 더욱 찌푸려졌다.

"〈하지만 항구도시에서 이곳까지는 걸어서 열흘이 넘는 거리이오만?〉"

엘라신의 사제, 헨리는 잭의 의문에 두 손을 모았다.

"〈아마 엘라께서 보살펴준 모양입니다.〉"

잭은 헨리의 말에 한숨을 푹 쉬었다.

물론 태양과 행운의 여신인 엘라의 능력을 의심할 생각은 없지만 잭의 상식으로는 불가능한 이야기였기 때문이었다.

잭이 여전히 시우를 의심쩍은 표정으로 쳐다보자 헨리가 이어 말했다.

"〈엘라께선 자비를 베풀라 하셨습니다. 또한 베푼 자비는 갑절이 되어 행운으로 돌아온다고도 하셨으니 엘라의 비호를 받는 이 소년을 우리 일행으로 받는다면 우리 또한 엘라의 비호를 받을 수 있을지도 모릅니다.〉"

헨리가 말을 마치자 용병들이 고개를 끄덕였다. 만약 저 소년이 코리의 숲을 횡단한 것이 사실이라면 헨리의 말도 그럴듯하다는 게 용병들의 반응이었던 것이다.

'멍청한 것들.'

잭은 인상을 찌푸리며 속으로 부하들을 욕했다. 행운의 여신을 섬기는 사제가 몇 마디 했다고 맹목적으로 따르는 모양새가 마음에 들지 않았다.

하지만 사제가 저렇게까지 이야기하는데 반대할 이유도 없었다. 애초에 코리의 숲에서 만났다는 사실이 마음에 걸리긴 했지만 누가 보아도 소년은 무해한 존재였기 때문이었다.

"〈누가 이 소년을 책임질 짐꾼은 없느냐.〉"

잭이 아직도 짐마차 밑에 숨어있는 짐꾼들에게 묻자 한 소년이 떠밀려 나왔다.

평소 체력이 부족해 일을 못한다고 짐꾼들 사이에서 따돌림을 받던 소년이었다.

잭도 그 사실을 모르지는 않았지만 지금은 빨리 이 귀찮은 일을 처리하고 눈을 붙이고 싶은 생각뿐이었다.

"〈그래. 앞으로 이 소년은 네가 책임을 지고 챙겨야 한다. 혹시 문제가 생기면 나를 찾아오도록.〉"

소년 메이는 얼떨결에 고개를 조아리려 했다.

용병들은 잭의 빠른 일처리를 반기며 천막으로 돌아갔다. 시우는 영문도 모르고 사방을 두리번거렸지만 용병들은 시우에게 눈길 한 번 던져주지 않았다.

"〈그만 두리번거리고 우리도 자요.〉"

"뭐라는 거야."

"〈아, 어쩌면 좋담.〉"

메이는 어쩔 수 없이 시우의 팔을 잡아끌어 짐마차로 다가갔다.

하지만 마차 위의 자리는 메이가 떠난 사이 다 채워져 있었다. 하는 수 없이 메이는 장작불 근처로 시우를 끌고 갔지만 문제는 그뿐이 아니었다.

짐꾼들에게 이불로 쓰라고 주어진 천 쪼가리가 제한돼

있다 보니 시우가 쓸 이불이 없었던 것이다.

메이는 한참을 고민하더니 시우와 함께 이불을 덮었다. 천 쪼가리의 면적이 넓지 않아 메이와 바싹 붙어 누워야 했다. 순간 거부감이 들었지만 메이의 체온은 따뜻했다.

시우는 돌아가는 상황이 어리둥절했지만 하루 종일 달린 탓에 이미 지칠 대로 지쳐있었다.

바닥에 등을 붙이자 깊은 잠에 빠져들었다.

✦

시우는 몸을 뒤흔드는 손길에 화들짝 놀라 일어났다.

손길의 주인은 메이였다.

잠시 그가 누군지 알아보지 못해 당황하던 시우는 간밤의 기억을 떠올렸다. 안도의 한숨이 나왔다.

코리에게 쫓기는 꿈을 꾼 시우의 등이 식은땀으로 축축해져 있었다. 이제 코리 걱정을 덜었다고 생각하니 헛웃음이 흘러나왔다.

그린 시우를 보던 메이가 입을 열었다.

"〈검은 머리, 검은 눈. 신기하게 생겼네요.〉"

"미안하지만 뭐라는지 하나도 모르겠어."

시우의 말을 이해 못한 메이는 당황해서 웃음을 흘렸다. 그러더니 스스로를 가리키며 입을 열었다.

"〈메이.〉"

"뭐라고?"

"〈난 메이. 당신은?〉"

시우는 메이의 손가락질에 겨우 메이의 뜻을 이해할 수
있었다.

"최시우."

"체슈?"

"최시우."

"체시유?"

시우는 계속해서 메이의 발음을 교정해줬지만 메이는
끝까지 시우의 이름을 발음하지 못했다. 시우가 체념하자
자신의 발음이 정확하다고 생각했는지 메이는 시우를 슈
라고 부르기 시작했다.

하지만 메이와 시우가 대화를 계속할 시간은 없었다. 메
이는 용병들에게 고용된 짐꾼이었고 짐꾼이 할 일은 많았
다.

취사병이 아침을 준비하는 사이 천막을 거두고 말을 돌
보는 것은 짐꾼들의 일이었다.

시우는 메이가 바쁘게 움직이는 것을 지켜보았다.

지나가던 짐꾼들이 시우에게 눈치를 줬다. 시우도 그것
을 알아챘지만 굳이 모른 체하며 시선을 돌렸다.

이내 시우의 눈길이 닿은 것은 용병들이었다. 어제는 미

처 생각지 못했지만 어째서 NPC가 몬스터 필드에 있는 걸
까?

시우는 의문이 들었지만 시스템이 해킹을 당한 이후로
는 영문을 알 수 없는 일뿐이었다. NPC들이 알아들을 수
없는 말을 쓰는 것도 그랬다.

시우는 왼쪽 눈을 가리고 용병들을 보았다.

모건 Lv.22

월영용병단 단원. 나무꾼이었던 아버지가 몬스터에게
죽은 직후 아버지의 도끼를 들고 그대로 용병이 되었다.

상세정보…….

"헐, NPC가 22렙?"

NPC가 레벨을 갖고 있는 것은 처음이었다.

순간 몬스터가 아닐까 긴장했지만 어젯밤에 겪어본 바
로는 그렇지도 않은 것 같았다.

시우는 다른 용병들도 살펴보았다.

그 결과 시우는 이들이 전부 월영용병단 소속의 용병이
라는 것과 최소 10대 후반의 레벨에서 20대 후반의 레벨
을 가지고 있다는 것을 알아냈다. 그 중 가장 인상적이었
던 것은 단장의 레벨이었다.

잭 Lv.52

월영용병단 단장. 원력을 각성한 [익시더]로 수많은 용병으로부터 선망의 눈빛을 받고 있다. 이번 [쟈탄] 원정대에 합류한 [엘라신의 사제] 헨리를 기피하고 있다.

상세정보…….

"원력? 익시더?"

시우는 고개를 갸웃거리며 황금빛으로 깜빡거리는 [익시더]라는 문자를 터치했다. 그러자 잭의 상세정보가 자동으로 열리며 설명이 들려왔다.

이름-잭

레벨-52

종족-인간

칭호-붉은 달의 그림자

[칭호 효과- 붉은 달이 뜬 밤에 순발력+10]

생명력 (135/135)

마력 (3/3)

[원력 (2/2)]

근력 : 132

순발력 : 98

체력 : 40

정신력 : 15

[익시더(Exceeder)란 한계를 넘다(Exceed the limit)에서 따온 말로 넘은 자, 즉 초인이란 뜻이다. 모든 생명에는 태어나면서부터 원력이라는 힘이 잠들어 있다. 익시더는 훈련을 통해 이를 자유자재로 다루게 된 자를 이르는 말이다.]

시우는 당황했다. 단순한 오류인줄 알았던 원력에 이런 의미가 있었다니?

시우는 갑자기 마음이 불편해졌다. NPC는 유저를 해치지 못한다. 하지만 그것도 시스템이 해킹 당하기 전의 이야기였다.

지금이라면 NPC가 시우를 공격해도 이상하지 않았다.

시우는 이미 시스템 복구를 반쯤 포기했다. 벌써 이 이상사태에 휘말린 지 30시간이 넘게 흘렀지만 복구는커녕 아무런 연락도 없었다.

강해져야 했다. 레벨을 올려야 했다.

어떤 상황이 닥쳐도 이겨낼 수 있는 힘을 키워야 했다.

시우는 그 수단으로서 NPC들을 이용하기로 마음먹었다.

"〈슈! 이제 출발해요!〉"

메이가 부르자 시우는 그에게 다가갔다. 지금은 그에게 붙어있는 것이 좋을 것이란 판단이 들었다.

용병들이 짐마차에 궁둥이를 걸치고 앉자 짐꾼들이 말을 끌고 걷기 시작했다.

시우도 마차 위에 앉고 싶었지만 메이가 만류하는 바람에 뜻을 이룰 수 없었다.

마력량을 늘리려면 리젠을 사용해야 했다. 그리고 리젠은 앉아서 사용하는 스킬이었다. 하지만 메이가 목소리를 줄여 꾸짖는 걸 보니 짐꾼들은 마차에 앉을 수 없는 모양이었다.

NPC의 눈치를 보는 상황이 서러웠지만 지금은 어쩔 수 없었다.

혹시나 걸으면서 리젠을 쓸 수 있나 시도해 보았다. 역시나 스킬은 발동되자마자 취소되었다.

하지만 지금으로선 달리 할 일도 없었다.

몬스터라도 나와 주면 경험치라도 쌓겠지만 그 많던 코리들은 어딜 갔는지 나타나지 않았다.

시우는 걸으면서 계속 리젠을 시도해 보았다.

점차로 유지되는 시간은 길어졌지만 30분을 유지하기에는 너무 짧은 시간이었다. 하지만 시우는 유지 시간이 길어진다는 사실에서 희망을 찾았다.

그리고 해가 중천에 뜬 시간, 시우에게도 익숙한 울음소리가 들려오기 시작했다.

꼬르르. 끼르르.

소리만 들어도 엄청나게 많은 수의 코리가 모였다는 것을 알 수 있었다.

잭의 표정이 심각해졌다.

"〈아무래도 우리가 코리부족의 영역으로 들어온 모양이다. 전투 회피는 불가한 사항이니 월영용병단, 전원 대코리 대형으로 집합!〉"

잭의 명령이 떨어지자 용병들은 재빠르게 자신의 위치에 섰다.

철검과 방패를 든 용병은 옹기종기 모여 웅크리고 앉았고 그 뒤에 활을 든 궁병이 배치된 단순한 진영이었다.

헨리 사제와 짐꾼들은 허둥대며 말 위로 가죽 덮개를 덮어주고 짐마차 아래로 숨었지만 시우는 숨어있을 생각이 없었다. 독바람종의 사거리가 100미터 가량인 것은 미리 겪어 아는 사실이었으니 시우는 용병들의 50미터쯤 뒤로 떨어진 곳에 자리를 잡고 앉았다.

크로스 보우는 일반적인 활보다 사거리가 길었고 그것은 연노궁이라고 다르지 않았다.

메이가 시우에게 다가와 다급하게 뭐라고 말했지만 시우는 아이템창에서 연노궁을 꺼내 드는 것으로 대답을 대신했다.

순간 허공에서 나타난 크로스 보우의 모습에 메이가 말을 잃었지만 이내 정신을 차리고 시우를 잡아끌었다.

어떻게 해서든 시우를 짐마차 밑으로 끌고 갈 심산인 모양이었다.

"메이. 넌 가서 숨어있어. 나는 싸워야 돼."

물론 메이가 알아들을 거라곤 생각하지 않았지만 시우의 단호한 목소리에 그 뜻을 알아차린 모양이었다. 메이가 짐마차로 돌아갔다.

하지만 이내 짐마차에서 뭔가를 굴려 시우에게 가져왔다. 속이 빈 배럴통이었다.

시우가 메이를 보며 고개를 갸웃거리자 메이가 시우를 배럴통 뒤로 숨겼다. 굳이 싸우려면 이 뒤에 숨어서 싸우라는 모양이었다.

시우는 고작 NPC에 불과한 메이의 배려에 당황했지만 거절할 이유는 없었다.

하지만 곤란하게도 메이가 시우의 곁을 떠나지 않았다.

"너는 짐마차에 가라니까?"

시우는 짐마차를 손가락질 했지만 메이는 고개를 저었다.

"〈슈는 제 책임이에요. 슈가 싸운다면 저도 싸우겠어요.〉"

메이는 결연한 표정을 지었지만 시우로서는 당황스러울

뿐이었다.

어쩔 수 없이 시우는 아이템창에서 [연습용 철검]을 꺼내 메이에게 쥐어주었다.

"혹시라도 코리가 가까이 다가오면 찔러버려."

시우는 말했지만 메이는 또 허공에서 나타난 철검이 신기한 모양이었다.

그리고 전투가 시작됐다.

코리들의 수는 많았다. 얼핏 보아도 우글우글 거리는 것이 적어도 50은 넘는 수였다. 하지만 결정적으로 독바람총은 용병들의 방패를 뚫을 만한 관통력이 부족했고 방패 뒤에 숨어서 쏘아대는 화살에 맞은 코리들이 우수수 떨어져 내렸다.

시우도 그 가운데 끼어 열심히 볼트를 쏘아댔다. 레벨업을 하면서 시우의 몸에서 바람이 뿜어져 나오자 메이가 놀랐지만 그 뿐이었다.

"슈!"

갑자기 몸을 흔드는 메이의 손길에 시우는 당황했다.

"왜!"

시우가 소리치자 메이가 시우의 왼편을 가리켰다.

그곳에서 어울리지도 않는 가죽갑옷과 녹슨 철검을 든 코리들이 나무를 타고 접근해오고 있었다.

전방의 코리들은 옆구리를 치기 위한 미끼였다.

시우는 배럴통 옆으로 숨으며 검을 든 코리, 코리 검사들을 향해 연노궁을 쏘았다.

"코리! 이쪽에서도 코리가 온다고!"

시우는 소리쳤지만 용병들도 별 수는 없었다. 방패로 진을 친 상황에서도 쏟아지는 독가시에 맞아 해독제를 들이키기 바쁜 그들이 코리 검사를 상대할 여력은 없었던 것이다.

연노궁의 연사 능력에 의지해 5마리의 코리 검사를 저격할 수 있었지만 10마리가 넘어가는 코리 검사들이 배럴통 앞까지 접근했다.

메이가 눈을 꾹 감고 있는 힘껏 철검을 휘둘렀다.

다행히 코리 검사 한 마리가 눈 먼 검에 걸려 죽었다. 하마터면 함께 목이 날아갈 뻔한 시우는 간신히 철검을 피하고 식은땀을 흘렸다.

그때 전방의 코리들도 대충 정리가 끝났는지 몇 궁병들이 후방으로 지원을 해주었다. 시우도 볼트 2발을 더 쏘아 코리를 쓰러트렸지만 시우를 무시하고 돌아간 코리 검사들이 짐꾼들을 노리고 있었다.

시우는 스킬을 사용했다.

"[나를 봐!]"

그것은 지금까지 혼자서 사냥해왔던 시우가 사용할 일이 없던 [어그로]성 스킬이었다.

큰 목소리로 몬스터의 주의를 자신에게 돌리는 도발

스킬, [함성].

효과는 컸다.

남은 코리 검사의 수는 5마리였고 자신을 향해 달려드는 녀석들을 향해 시우는 연노궁을 쏘아 한 마리를 더 쓰러트렸다.

메이가 다시 검을 휘둘렀지만 요행은 두 번 통하지 않았다. 메이의 검을 피한 코리 검사가 메이의 등을 베었다. 목숨에는 지장이 없는 상처였지만 시우는 코리 검사의 검에 덕지덕지 붙어있는 액체를 알아볼 수 있었다.

인두 독개구리의 독이었다.

메이가 중독의 고통으로 바닥을 굴렀다. 시우가 연노궁으로 메이를 공격한 코리의 머리통을 뚫어버렸지만 아직 코리 검사는 3마리나 남아있었다.

시우는 재장전을 위해 손잡이를 잡았지만 이미 지척까지 다가온 그들의 공격보다 빠를 수는 없었다.

그리고 그 순간 시우의 눈앞에서 붉은 빛이 번쩍하고 터졌다.

잭이었다.

원력을 사용해 순식간에 다가온 잭이 코리 3마리를 한 번에 베어 넘긴 것이었다.

코리의 피가 시우의 얼굴을 덮었지만 시우는 상관하지 않았다.

그저 메이가 걱정될 뿐이었다.

메이의 상태는 심각했다. 상처도 상처였지만 인두 독개구리의 독은 지독해서 한 번 중독되면 해독하지 않는 이상 반드시 죽음에 이르는 독이었다.

시우는 전투 중에 용병들이 마시던 물약을 떠올렸다. 전방의 전투가 끝난 용병들을 살펴보니 중독으로 인해 괴로워하는 용병은 없었다. 그들이 마시던 물약이 바로 해독제임에 틀림없었다.

시우는 잭을 바라보았다.

"해독제가 필요해. 놈들의 검에 독이 발라져 있었다고!"

시우가 코리의 검을 가리키며 하는 말에 잭의 시선이 돌아갔다. 분명 메이의 중독 사실을 알았음이 틀림없었지만 잭은 고개를 저었다.

"〈짐꾼들이 덮개를 제대로 덮지 않아 말도 중독되었다. 짐꾼에게 사용할 해독제는 없어.〉"

잭의 시선을 따라 시우의 고개가 돌아갔다. 발작을 일으키는 말들에게 해독제를 먹이고 바르는 모습은 보였지만 시우가 미처 지키지 못한 짐꾼들에게 해독제를 사용하는 모습은 보이지 않았다.

그것은 당연한 것이었다. 짐꾼들은 굶다 못해 일당 10페니(Penny:구리동전)에 목숨을 걸겠다고 나선 자들이었다. 마차를 끄는 말은 두당 10파운드(Pound:금화, 10파운드

=2400페니)나 했다. 몸값부터가 달랐다.

하지만 시우로서는 도저히 이해할 수 없는 상황이었다. 시우에게는 어차피 다 같은 NPC이기는 했지만 그들에겐 같은 인간이지 않던가?

시우는 잭을 노려보았지만 잭은 신경도 쓰지 않았다.

연노궁을 쏘아 녀석의 머리를 뚫어버리고 싶은 것이 본심이었지만 시우는 참았다. 메이를 살리려면 일단 시우 본인이 살아 있어야 했다.

시우는 자신의 레벨을 확인했다.

레벨 9. 1레벨만 더 올리면 해독 포션과 생명력회복 포션을 사용할 수 있었다.

시우는 메이가 떨어트린 연습용 철검을 들고 달렸다.

화살에 꿰여 나무에서 떨어졌지만 아직 죽지 않은 코리가 분명 남아 있을 것이다. 그 놈들을 죽여 레벨업만 할 수 있다면 포션으로 메이를 살릴 수 있었디.

시우는 미친 듯이 바닥에 떨어진 코리들을 찔러 죽였다.

그것은 지켜보는 용병들도 소름이 끼칠 정도로 광기어린 모습이었다.

그렇게 십 수 마리의 코리를 헤집은 다음에야 시우는 레벨업을 했다는 알림을 들을 수 있었다. 하지만 포션을 들고 돌아왔을 때, 메이는 더 이상 숨을 쉬지 않았다.

리스폰[1]

Respawn

NEO FUSION FANTASY STORY & ADVENTURE

3장.

탄즈 산맥

리스폰

메이가 죽은 지 열흘이 지났다.

시우는 여전히 월영용병단과 함께 행동하고 있었다.

용병들은, 특히 단장 잭은 시우가 허공에서 물건들을 꺼
낸 것하며 코리를 사냥하면서 보여주었넌 광기이린 모습
에 시우를 크게 경계했다. 그러나 무리에서 쫓아내지 못한
것은 애초에 말도 안 통할 뿐 아니라 엘라신의 사제 헨리
가 시우를 두둔했기 때문이었다.

"〈그는 분명 엘라께서 보내주신 전사입니다! 그와 함께
라면 이 험난한 원정길에서 살아남는데 큰 도움이 될 것입
니다!〉"

시우의 함성 스킬로 목숨을 부지한 헨리는 진정으로 그

렇게 생각하는 모양이었다.

그 직후 코리부족의 잔당이 복수랍시고 월영용병단을 습격해왔다.

시우는 마치 헨리의 말을 증명하듯 뛰어나가 홀로 코리들을 학살하고 돌아왔다.

코리의 피로 전신을 물들인 그의 모습을 보고 감히 나가라고 할 수 있는 용병은 없었다.

코리들은 그 후로도 계속해서 월영용병단을 습격했다. 코리가 이처럼 큰 집단을 공격해 오는 것은 매우 드문 일이었지만 시우는 아무래도 상관없었다.

"[나를 봐!]"

이번에도 역시 가장 먼저 뛰어나가 고함치는 시우의 모습에 용병들이 몸서리를 쳤다.

"〈야, 저 검은 머리가 소리치는 게 무슨 뜻일까?〉"

"〈다 죽여 버리겠다! 뭐 그런 뜻 아니겠어?〉"

"〈어휴, 뭐가 됐든 좋은 뜻은 아니겠지. 저 소리를 들을 때마다 식은땀이 줄줄 나는데 지난번엔 나도 모르게 칼을 뽑았다니까.〉"

용병의 너스레에 동료들은 고개를 끄덕였다. 이해하지 못할 일은 아니었다. 지금도 몇몇 용병들은 검 손잡이에 손을 올리고 있었다.

용병들이 그러거나 말거나 시우는 코리들이 짐마차로

향하는 낌새가 보이면 지체 없이 고함 스킬을 사용했다.

어차피 해독 포션과 생명력회복 포션은 남아돌았다. 코리들이 짐마차를 향하게 되면 획득 가능한 경험치도 줄어들 뿐 아니라 짐꾼들이 죽을 수도 있었다.

시우는 메이의 얼굴을 떠올리고 신경질적으로 연노궁을 장전했다.

메이는 NPC다. 어차피 유저를 서포트하기 위한 인공지능의 산물일 뿐이라는 것을 시우라고 모르지는 않았다. 하지만 기분이 더러웠다. 차갑게 식어버린 그의 시체를 품에 안았을 때부터 가슴 속에 생긴 응어리는 계속해서 커지기만 했다.

시우는 멀리서 달려오는 코리 검사를 겨누고 쏘았다.

연노궁으로는 도무지 기분이 풀릴 것 같지가 않았다.

시우는 레벨 10이 되면서 사용 가능하게 된 [입문용 철검]을 아이템창에서 꺼냈다. 레벨 제한 1짜리 연습용 철검이랑 큰 차이도 없는 무기였지만 상관없었다. 나무 위에는 더 이상 독바람총을 쏘는 코리가 남아있지 않았다.

시우는 달려 나가 코리들을 베어 넘겼다. 간혹 코리 검사의 검이 시우의 피부를 가를 때면 지독한 고통이 느껴졌지만 상관없었다.

지금은 아무 것도 상관없었다.

단지 폭력에 몸을 맡겨 그 외의 것들을 잊고 싶은 기분이었다.

시우는 주위를 둘러보았다.

시우를 중심으로 붉은 웅덩이가 이루어져 있었다.

더 이상 서있는 코리가 없음을 확인한 시우는 아직 살아 숨 쉬는 코리들을 찾아 검을 꽂아 넣었다.

"〈어차피 내버려두면 죽을 놈들을 굳이…….〉"

시우를 지켜보던 용병들은 못 볼 것을 본 것처럼 시선을 돌려버렸다. 처음에는 통쾌하던 전투도 지금에 와서는 그저 잔혹할 뿐인 광경이었다.

푸화앗!

띠링!

[레벨이 1 상승하셨습니다.]

[레벨업 효과로 생명력과 마력, 원력이 회복됩니다.]

[스탯 포인트가 2개 자동분배 됩니다. 남은 스탯 포인트가 3개 상승합니다.]

[모든 상태이상 효과가 회복됩니다.]

시우가 짐마차로 돌아오자 짐꾼 중 한명이 헝겊을 가져왔다.

그것을 받아든 시우는 가죽갑옷을 뒤덮은 피를 대충 훑어냈다.

"능력정보."

이름-최시우

레벨-13

종족-인간

칭호-살육자

[칭호 효과- 피를 볼 경우 근력+3 정신력-3]

생명력 (121/121)

마력 (111/111)

원력 (?/?)

근력 : 27

순발력 : 22

체력 : 26

정신력 : 2

남은 스탯 포인트 : 3

상세정보…….

시우는 남은 스탯 포인트를 순발력에 투자하고 짐마차
에 올랐다. 용병들은 짐마차에 피가 묻자 인상을 찌푸렸
다. 하지만 아무도 시우에게 다가가는 사람은 없었다.

짐마차가 다시 움직이기 시작하자 시우는 육포를 입에
물고 리젠을 사용했다. 마차가 크게 요동칠 때면 리젠이

취소되었다. 시우는 포기하지 않았다. 지난 열흘간 요동치는 마차 안에서 최대 마력량을 100이나 늘렸다. 효과는 분명 있었다.

무엇보다도 마차 위에서 할 일이 없었다. 이렇게라도 시간을 때워야 했다.

리젠을 사용하면 마음이 평온해지고 시간이 잘 갔다.

한참을 리젠에 열중하던 시우는 마차가 멈추는 것을 느끼고 눈을 떴다.

평소보다 해가 일찍 지고 있었다. 산에 가까워진 탓이다.

의문을 느낀 시우가 시선을 돌리자 용병들이 정렬하고 서있었다.

평소와는 분위기가 달랐다.

"〈오늘은 여기서 쉬고 내일부턴 탄즈 산맥에 돌입한다. 중급 몬스터인 카스탄의 영역을 피해 쟈탄을 사냥하고 다닐 예정이나 너희들도 알다시피 탄즈 산맥은 위험한 곳이다. 아무런 피해 없이 코리의 숲을 통과한 것은 자랑스러우나 탄즈 산맥에 들어가면 지금까지보다 더욱 안전을 기하고 경계해야 할 것이다.〉"

잭은 용병들을 둘러보았다. 한명도 빠짐없이 그렇게 시선을 마주쳤다.

잭은 짐꾼들에게 말했다.

"〈지금까지 너희의 안전은 우리가 책임져 왔다. 이제는 너희 자신이 스스로를 돌볼 시간이다. 너희들도 들어 알겠지만 카스탄과 쟈탄은 코리와 비교도 되지 않는 괴물들이니 우리가 너희를 돌볼 여유는 없다고 봐도 무관하다.〉"

짐꾼들은 동요했지만 어쩔 수 없었다. 위험한 일이라는 건 이미 알고 있던 일이었다.

"〈죽지 마라! 살아서 황금을 만지자! 엘라께서 우리와 함께 하신다!〉"

와아아아!

공포와 탐욕이 뒤섞인 함성은 뜨거웠다.

시우는 다시 눈을 감고 리젠을 사용했다. 그들이 무슨 말을 하든지 시우와는 상관없었다. 단지 마차가 일찍 멈춘 만큼 마력량을 늘리기엔 절호의 기회였다.

✢

날이 밝았다.

짐꾼 2명이 사라졌다. 탄즈 산맥에 진입한다는 공포를 못 이기고 간밤에 도망을 간 것이다. 그래봐야 사방이 코리들로 가득한 이 숲에서 살아남을 수는 없겠지만 말이다.

용병들과 짐꾼들은 그들이 처음부터 없었다는 듯 천막을 거두고 아침을 차렸다. 수프에 흑빵 한 조각, 거기에 육포까지 나온 만찬이었다.

흑빵은 부피를 늘리려고 불순물을 첨가해 딱딱하고 육포는 퀴퀴한 냄새가 났지만 그들은 맛나게 식사를 마쳤다.

짐꾼 한 명이 웬일로 시우에게 음식을 가져왔다. 시우는 호기심에 흑빵과 육포를 한 입씩 맛봤지만 도무지 먹을 만한 것이 못되었다.

시우가 다시 가져가라는 손짓을 하자 짐꾼이 곤란해 했다. 시우는 아이템창에서 육포 하나를 꺼내 짐꾼에게 건넸다.

먹으라는 시늉에 짐꾼은 머뭇거렸다. 하지만 이내 맛을 본 짐꾼은 눈을 동그랗게 떴다. 맛있었다. 짐꾼은 평생 살면서 그렇게 맛있는 육포는 처음 먹어 보았다. 짐꾼은 허겁지겁 육포를 입으로 가져갔다. 짐꾼의 손에서 육포가 사라지는 것은 순식간이었다. 짐꾼은 빈손을 보면서 아쉬운 듯 입맛을 다셨다.

그것을 지켜보던 시우가 다시 가져가라는 손짓을 하자 짐꾼은 그제야 음식을 거둬갔다. 저렇게 맛있는 육포가 있는데 굳이 맛없는 음식을 먹을 필요가 없음을 깨달은 것이다.

용병들의 식사가 끝나자 마차는 머지않아 출발했다.

마차는 산을 향하고 있었다. 맨 앞에선 잭이 마찻길과 몬스터의 영역이 표시된 값비싼 지도를 보며 무리를 이끌고 있었다.

시우는 리젠을 사용했다. 마차가 산을 오르자 시우도 호기심이 들었지만 어차피 말이 통하는 사람도 없었다. 지금은 시우 나름대로 닥쳐올 상황에 대비하는 수밖에는 없었다.

그오오오!

포효가 들려왔다.

아직 먼 곳에서 들려온 소리지만 그 막대한 존재감에 모두들 걸음을 멈추고 촉각을 곤두세웠다. 짐마차를 끌던 말들도 상당히 흥분한 상태였다.

"〈계속해서 이동한다.〉"

잭의 명령이 떨어지자 짐꾼늘은 마지못해 걸음을 옮겼지만 용병들이나 짐꾼들이나 긴장한 모습을 지우지는 못했다.

시우도 리젠을 중단했다. 포효가 신경 쓰여서 도무지 리젠에 집중을 할 수가 없었다.

시우는 왼쪽 눈을 가렸다. 그리고 전신에 소름이 끼쳤다.

혹시나 싶어 고개를 들었더니 나무 위에서 몬스터가 [타겟팅]되었기 때문이었다.

쟈탄 Lv.35

인간고기를 매우 좋아하기 때문에 간혹 마을에 숨어들어 인간을 납치하곤 한다. 강인한 네 개의 팔과 튼튼한 꼬리를 이용한 나무타기가 특기. 또한 치유력이 뛰어나 웬만한 상처는 입은 자리에서 회복된다. 하체가 부실해 나무가 없는 평지에서 마주칠 경우 전력으로 도망치는 것이 좋다. 계절과 주변 환경에 맞춰 초록색, 단풍색, 흰색 등으로 털갈이를 하기 때문에 웬만해서는 육안으로 구별하기가 어렵다. 쟈탄의 피는 하급 회복 포션의 주된 재료이기 때문에 실력이 뛰어난 용병에게는 일확천금의 기회로 여겨진다. 그 외에도…….

한 마리가 아니었다.

쟈탄은 35레벨, 34레벨이 한 마리씩, 거기에 22레벨이 한 마리 더 있었다.

쟈탄들은 나뭇잎에 몸을 숨기고 있었는데 털이 나뭇잎과 흡사한 초록색이라 타겟팅이 된 시우도 놈들의 모습을 찾는데 한참이 걸렸다.

우락부락한 두 쌍의 팔이 흉악했다. 무엇보다 레벨이 깡패라고 시우는 크게 긴장했다.

혼자선 상대할 수 없었다. 30레벨이 넘는 쟈탄을 잡으려면 용병의 도움이 필요불가결 했다.

마차에서 뛰어내린 시우가 종종 걸음으로 잭에게 다가가자 용병들이 마차에서 일어나 시우를 경계했다.

"〈검은머리, 네가 무슨 일이지?〉"

잭은 심기가 불편한지 얼굴을 찌푸렸다.

시우는 잭과 시선을 마주치며 손가락 두 개를 들어 자신의 눈을 가리켰다. 그리고 다른 용병들에겐 들리지 않을 작은 목소리로 말했다.

"쟈탄."

잭이 경멸의 표정을 거두고 눈에 이채를 띄었다.

잭이 알아들은 듯하자 이번에는 손가락을 세 개 들었다.

"세 마리."

"〈어디에 있지?〉"

말은 몰라도 잭이 무엇을 묻는지 모를 시우가 아니었나.

시우가 쟈탄에게 들키지 않을 작은 제스처로 나무 위를 가리켰다.

잭이 깜짝 놀라 반사적으로 나무 위를 올려다보았다. 그리고 그것은 크나큰 실수였다.

그아아!

숨은 장소를 발각 당한 쟈탄은 잭과 시선이 마주치자마자 나무 위에서 뛰어내렸다.

쾅! 콰직!

그것만으로도 용병이 둘, 짐꾼이 한 명 죽었다.

"〈쟈탄이다! 전원 전투태세!〉"

잭이 명령을 내리면서 시우를 노려보았다. 시우는 그런 잭의 시선을 무시했다. 시우는 최대한 쟈탄을 자극하지 않으면서 미리 대비할 수 있도록 최선을 다했다. 그런 시우의 노력에도 불구하고 실수를 한 것은 잭이었다.

시우는 잭의 시선보다 쟈탄이 더 신경 쓰였다. 시우는 벌써 용병들과 전투를 개시한 쟈탄을 훑어보았다.

쟈탄의 키는 용병들보다 머리 하나가 더 컸다. 대충 190에서 200센티미터 정도. 22레벨 쟈탄은 아직 다 자라지 않았는지 시우와 비슷한 키를 가지고 있었다.

하지만 상체에 비하면 하체가 짧다는 느낌이 강했다. 반대로 말하면 키에 비해 상체가 비대했다. 그 큰 상체에서 나오는 완력이 얼마나 강력한지 방패를 들이미는 용병들이 쟈탄의 주먹에 견디지 못하고 벌러덩 넘어질 정도였다.

불행 중 다행인 것은 용병들의 수가 쟈탄을 상대하기에 충분하다는 것이었다.

용병들이 쟈탄에게 방패를 들이미는 사이 뒤에서 접근한 용병들이 칼을 쑤셔 넣었다. 갑작스런 고통에 쟈탄이 몸부림을 쳤지만 그때는 이미 용병들에게 포위된 뒤였다.

시우는 감탄했다. 그것은 마치 방패로 된 우리와 같았다. 사방에서 밀어붙이는 방패에 쟈탄은 제 위력을 발휘하지 못하고 있었다.

하지만 쟈탄도 당하고만 있지는 않았다. 쟈탄의 꼬리는 150킬로그램이 넘어가는 몸무게로 나무에 매달릴 수 있을 만큼 강인하며 또한 유연했다. 용병들이 흉포한 쟈탄의 공격에 위만을 경계하는 사이 쟈탄의 꼬리가 용병들의 발을 낚아챘다.

"〈으어어! 이거 놔!〉"

퍼억!

그리고 쟈탄의 꼬리에 의해 공중에 떠오른 용병은 어김없이 목숨을 잃었다. 판금갑옷도 찌그러트리는 쟈탄의 주먹을 견디기에 인간의 육체는 너무도 연약했다.

시우는 전황을 판단하면서도 열심히 연노궁을 쏘았다.

다행히도 다 자란 쟈탄은 방패에 둘러싸이고도 머리가 드러나 있어 저격하기가 편했다. 네 개의 팔이 볼트를 세 차례나 막아냈지만 그것도 우연의 일치였는지 연달아 쏜 볼트가 35레벨과 34레벨의 쟈탄을 모두 죽일 수 있었다.

푸화앗!

띠링!

[레벨이 2 상승하셨습니다.]

[레벨업 효과로 생명력과 마력, 원력이 회복됩니다.]

[스탯 포인트가 4개 자동분배 됩니다. 남은 스탯 포인트가 6개 상승합니다.]

[모든 상태이상 효과가 회복됩니다.]

열흘 동안 코리를 사냥하며 레벨을 3개 올린 것에 비하면 엄청난 경험치였다. 시우는 내친김에 남은 한 마리도 처리하려 했지만 안타깝게도 놈의 키가 작은 탓에 볼트로 노릴 수가 없었다.

마지막 쟈탄은 고작 22레벨인 주제에 20대 중반 레벨의 용병들에게 둘러싸여 열심히 싸웠다. 쟈탄의 치유력은 잘린 팔도 다시 붙일 수 있는 수준이었다. 레벨이 낮더라도 그런 특성 때문에 쟈탄을 죽이는 건 쉽지 않은 일이었다.

접전 끝에 쟈탄을 죽인 것은 잭이었다.

잭의 검이 쟈탄의 목을 자르자 사방으로 피가 튀었다.

"〈배럴통을 가져와!〉"

한 용병이 외치자 짐꾼들이 배럴통을 굴려와 쟈탄을 거꾸로 매달고 피를 담기 시작했다.

잭이 목을 벤 탓에 바닥에 흐른 피는 용병들이 흑빵을 들고 와 찍어 먹었다. 포션은 연금술사에 의해 쟈탄의 피에서 생명력을 추출해 만든다. 때문에 가공되지 않은 쟈탄의 피를 마셔도 효과는 없었지만 용병들은 쟈탄의 피가 수명을 늘려준다고 믿고 있었다.

배럴통은 하나에 약 150리터의 용량이었다. 거기에 쟈탄 세 마리의 피를 담으니 20리터 가량이 찼다. 매우 적은 양이었지만 쟈탄의 피가 가득 찬 배럴통 하나가 500파운드에 팔리니 이번 전투로 60파운드 가량을 번 것이었다.

그것은 용병들이 1파운드씩 나눠 가져도 남을 정도의 거액이었다. 하지만 용병들의 표정이 밝지만은 않았다.

이번 전투로 용병이 다섯이나 죽었다. 아무리 큰돈이 들어왔다고 해도 생사를 같이 해온 그들의 죽음을 모른 채 할 수는 없었다.

잭이 거친 걸음으로 다가오더니 시우의 멱살을 잡았다. 월영용병단의 용병은 고작 쟈탄 따위에게 죽을 용병들이 아니었다. 잭은 그런 그들이 죽은 것은 시우의 탓이라고 생각했다.

하지만 잭도 마음 깊은 곳에서는 알고 있었다. 그들이 죽은 것은 자신의 탓이라는 걸. 시우는 말도 통하지 않지만 그가 할 수 있는 최선을 다했다. 단지 잭은 이 분노를 풀 상대가 필요했을 뿐이었다.

잭은 치켜든 주먹을 간신히 내리고 시우를 밀쳤다. 넘어진 시우가 얼굴을 찌푸리고 잭을 노려보았지만 잭은 시우의 시선을 피했다.

"〈시체를 모아와. 쟈탄이 먹지 못하도록 태운다.〉"

짐꾼들이 시체를 모아오자 헨리가 나서 그들을 위해 기도해주었다.

용병들은 시체가 모두 타 재가 되기까지 자리를 떠나지 않았다.

✛

사냥은 순조로웠다. 기존 목표였던 배럴 5통을 전부 채웠을 뿐 아니라 물을 담아왔던 배럴통까지 사용해 쟈탄의 피를 7통이나 모을 수 있었다.

피해도 애초 예상했던 것보다 적었다. 첫 전투에서 쟈탄의 꼬리가 위험하다는 걸 깨달은 용병들이 꼬리부터 자르고 전투를 시작한 덕분이었다.

물론 시우의 역할도 컸다. 쟈탄이 무서운 점은 숲에서 만날 경우 육안으로 구분하는 것이 불가능할 정도로 은폐능력이 뛰어나다는 점이었다. 그런데 시우의 타겟팅을 이용하면 숨어있는 쟈탄도 쉽게 발견할 수 있었다.

잭은 빈 물통을 보며 턱을 괴고 고민했다. 이미 목표는 초과해서 달성했지만 피해가 적다보니 욕심이 났다.

부하들도 이제 쟈탄과의 전투에 익숙해졌고 조심하면 아무런 피해 없이 배럴통 하나 정도는 더 모을 수 있지 않을까 싶었다.

문제는 열성적으로 사냥을 계속하다보니 놈들의 씨가 말랐다는 것. 오늘은 아직 쟈탄의 그림자도 구경을 하지 못했다.

잭이 갈등하는 그 순간 쟈탄의 포효가 들려왔다.

가아아아!

카스탄의 영역에서부터 들리는 소리였다.

카스탄은 익시더가 아니면 사냥이 불가능한 괴물이었다. 때문에 잭도 카스탄의 영역을 피해왔지만 쟈탄의 피가 잭을 유혹하고 있었다.

이제 막 각성한 신출내기이긴 하지만 잭도 익시더였다. 만일 카스탄과 조우하더라도 한 마리 정도는 감당할 수 있지 않을까?

잭은 부하들을 모아 놓고 이야기했다.

"〈지금부터 카스탄의 영역으로 들어간다.〉"

"〈단장, 진심이야? 하지만 카스탄이라니…….〉"

용병들이 술렁였지만 잭의 의지는 확고했다.

"〈카스탄의 영역에 들어간다고 꼭 카스탄과 조우하란 법은 없지. 딱 한탕만 더 뛰고 복귀한다. 너무 걱정은 말도록. 혹시라도 카스탄이 나타나면 내가 나서면 되니까.〉"

잭의 자신만만한 말에 용병들의 걱정도 한풀 꺾였다.

월영용병단의 단장은, 그들의 보스는 원력을 각성한 익시더였다. 익시더가 그들과 함께 하는데 카스탄을 두려워할 필요는 없었다.

쟈탄 사냥이 평소보다 순조롭다 보니 사실 욕심이 나는 건 단장뿐이 아니었다. 게다가 카스탄의 피는 쟈탄의 피보다도 훨씬 비싼 포션 재료였다. 용병들 중에서는 내심 카스탄과 조우하기를 바라는 자도 적지 않았다.

용병들이 수긍하는 분위기이자 잭은 짐마차를 카스탄의 영역으로 이끌기 시작했다. 카스탄의 영역은 지도가 부정확해 잠시 길을 헤맸지만 큰 문제는 없었다.

이내 쟈탄 한 무리가 벼랑 끝에 모여 있는 것이 보였다. 잭은 행운의 여신인 엘라가 그들을 돕는다고 생각했다.

벼랑 근처에는 나무도 없었다. 동굴이 있었지만 쟈탄들의 도움이 될 것 같지는 않았다. 나무를 타지 않는 쟈탄은 사냥이 간편했다. 굴러다니는 황금이라는 생각이 뇌리를 스쳤다.

잭은 쟈탄들에게 들키지 않도록 마차에서 내려 도보로 이동했다. 그런 잭의 판단이 빛을 발해 쟈탄들은 용병들을 눈치 채지 못했다.

"〈검은 머리.〉"

잭이 시우를 불렀다. 시우는 돌아보지도 않고 고개를 끄덕였다.

시우의 저격 솜씨는 월영용병단의 궁병들도 인정할 정도였다. 전투에 들어가기에 앞서 시우의 저격으로 쟈탄의 수를 줄이는 건 이제는 당연한 수순이었다.

풍! 퍽!

그어?

한 놈이 별안간 쓰러지자 동요하는 쟈탄들이 보였다.

하지만 이내 모여 있는 용병들을 발견한 쟈탄들은 성난 포효를 지르기 시작했다.

시우는 뭔가 이상하다는 것을 느꼈다.

원래 이쯤 되면 쟈탄들은 앞뒤 재지 않고 돌격해 오는 것이 정상이었다. 그런데 지금은 포효만 지를 뿐 다가오지 않았다.

시우는 의아했지만 열심히 볼트를 장전해 쏘았다. 연노궁은 궁병들의 활보다 사거리가 길었다. 연노궁의 사거리가 간신히 닿는 곳에서 공격을 한 탓에 놈들이 달려오지 않는 이상 쟈탄을 공격할 수단은 시우의 연노궁 뿐이었다.

풍! 풍!

쟈탄들은 속수무책으로 죽어나갔다. 심지어 그렇게 계속해서 연노궁을 쏘다보니 머지않아 레벨업을 할 정도였다.

그리고 그때 천지를 뒤흔드는 포효가 들려왔다.

그아아아!

공기를 타고 전해져오는 존재감은 쟈탄 따위에서 느껴지는 것과는 차원이 달랐다. 포효를 들은 용병들은 심까지 울리는 그 충격에 다리 힘이 탁하고 풀릴 정도였다.

바닥에 주저앉고 오줌을 지리는 용병들이 속출했다.

시우도 동굴에서 들려오는 그 포효에 넋을 읽고 있다가 간신히 정신을 차렸다.

일단 정체를 파악해야 했다. 시우는 왼쪽 눈을 가렸다.

카스탄 Lv.67

쟈탄의 동종 몬스터. 그러나 털과 꼬리가 없고 덩치는 쟈탄의 5배에 이른다. 머리에 검을 박아 넣어도 활동할 정도로 강인하기 때문에 죽이기 위해선 목을 단방에 잘라 머리와 동체를 떼어내는 수밖에 없다. 움직임은 둔하나 나무를 뽑아 휘두를 정도의 완력을 지니고 있으며 가죽은 화살이 박히지 않을 만큼 탄탄하다. 쟈탄보다도 뛰어난 치유력과 생명력을 지니고 있어 그 피는 상급의 회복 포션 재료로 비싸게 팔린다. 그 외에도…….

식은땀이 흘렀다.

67레벨?

지금까지 용병들과 활동하면서 시우는 몇 번이나 잭에

게 감탄해왔다. 그런 잭의 레벨도 52인데 카스탄의 레벨은 그보다 15나 높았다.

동굴에서 카스탄이 나왔다. 동굴의 입구는 제법 커서 높이가 3미터나 됐는데 카스탄은 그 입구도 작아서 고개를 숙이고 나와야 할 정도로 키가 컸다. 한 쪽 손에는 거대한 몽둥이를 들고 있었는데 잘 자란 나무 하나를 뽑아 가지를 쳐내고 그대로 무기로 쓰는 모양이었다.

무엇보다도 가장 인상적인 것은 카스탄의 전신에 새겨진 흉터들이었다.

카스탄은 상처를 입어도 즉시 낫지만 그래도 흉터는 남는다. 그렇게 전투에서 새겨진 수많은 흉터들은 카스탄들에게 있어 그들의 경험을 나타내는 휘장과도 같은 것이었다.

카스탄이 나오자 쟈탄들이 납작 엎드렸다. 마치 왕이나 신을 섬기는 자세였다. 동굴에서 나온 카스탄은 가슴을 쭉 펴고 용병들을 바라보았다.

마치 언제든 공격해 보라는 듯 당당한 모습이었다.

시우가 먼저 볼트를 쏘았다. 하지만 카스탄은 그것을 막을 생각도 하지 않았다.

피웅! 탁.

카스탄의 가슴을 노리고 날아간 볼트는 위세 좋게 날아간 것이 무안할 정도로 허무하게 튕겨 나왔다.

가죽이 너무 단단했다. 이번엔 눈을 노리기 위해 다시 볼트를 장전했다. 하지만 누군가 시우의 어깨를 붙잡으며 만류했다.

잭이었다.

"〈그만해. 크로스 보우로는 어림도 없어.〉"

잭은 시우의 앞으로 나서더니 검을 뽑아들었다. 그런 그의 전신에선 푸른 아우라가 일어났다. 그것이야말로 그가 익시더라는 증명이었다.

용병들은 잭의 몸에서 일어나는 존재감에 감탄했지만 시우는 이해할 수 없었다. 카스탄의 레벨은 무려 67이었고 잭은 고작 52레벨이었다.

하지만 시우가 전할 수 있는 말은 매우 제한적이었다.

"카스탄!"

상대는 카스탄이다. 당신이 감당할 수 있겠어?

그런 시우의 뜻을 알아차렸는지 잭은 검을 바투 세워 잡으며 대답했다.

"〈걱정 마. 나는 익시더다.〉"

잭이 먼저 뛰어나가자 용병들이 외쳤다.

"〈가자! 단장의 뒤를 따르라!〉"

와아아아!

용병들의 사기는 하늘을 찌를 듯 드높았다. 하지만 달려나가는 용병들 사이에 시우는 없었다. 시우는 뒤에서 좀 더 전황을 지켜보기로 마음먹었다.

엎드려 있던 쟈탄들이 달려드는 용병들의 기세에 벌떡벌떡 일어났다.

그러나 잔뜩 긴장한 쟈탄들과는 다르게 카스탄은 코웃음을 치며 몽둥이를 휘둘렀다.

그것은 정말 눈 깜짝할 사이에 일어난 일이었다.

카스탄이 몽둥이를 드는 것과 동시에 잭도 검을 휘두를 준비를 했다. 하지만 그 다음 순간에는 이미 카스탄의 몽둥이가 휘둘러진 다음이었고 잭은 그런 카스탄의 공격에 아무런 반응도 할 수 없었다.

퍼억!

고함치며 달려들던 용병들에게 정적이 찾아왔다.

카스탄은 몽둥이에 맞아 벽에 패대기쳐진 잭에게 다가갔다. 잭은 아직 살아있었다. 하지만 살아만 있을 뿐 검을 휘두르는 것도 힘들어 보이는 모습이었다.

카스탄은 더 이상 코웃음도 치지 않았다. 그저 귀찮은 벌레를 짓이기듯 몽둥이를 재차 내리칠 뿐이었다.

퍼억! 퍽! 쿵! 쾅!

잭의 몸은 형체도 알아볼 수 없을 만큼 뭉개졌다. 고깃덩이 위에 걸쳐진 가죽갑옷만이 살아생전 그가 인간이었다는 것을 알려주었다.

우웩!

용병 하나가 그 끔찍한 광경에 참지 못하고 점심을 토해 냈다. 나머지 용병들도 그와 별반 다르지 않았다. 얼굴이 파랗게 질려 금방이라도 뱃속을 비워낼 것 같은 표정들이 었다.

시우는 도망가기 위해 등을 돌렸다. 카스탄과 시우 사이 에는 아직 수십의 용병들이 있었다. 이대로 그들을 저버리 고 도망간다면 목숨만은 건질 수 있을 지도 몰랐다.

아직 시우의 레벨이 25라서 쟈탄들을 혼자 감당하긴 힘 들었지만 타겟팅을 이용하면 불필요한 전투를 피해 코리 의 숲으로 빠져나갈 방도도 있었다.

시우가 용병들과 같이 행동한 것은 그들이 마을로 향할 지도 모른다는 희망을 갖고 있기 때문이었다. 그들은 동료 도 친구도 아니었다. 그냥 NPC였다. 그들을 저버리고 도 망친다 해도 시우가 죄책감을 가질 필요는 없었다.

그러나 시우는 도무지 걸음을 옮길 수가 없었다. 시우의 뇌리로 메이의 얼굴이 스친 탓이었다.

시우는 다시 뒤돌아 용병들의 등을 바라보았다.

어째서? 그런 의문은 떠오르지 않았다.

어떻게? 시우는 본인이 가진 능력을 이용해 카스탄을 쓰러트릴 가능성을 점쳐보기 바빴다.

시우의 시선으로 벼랑이 들어왔다. 이곳은 산의 정상에 가까운 곳이었다. 벼랑은 높았고 아무리 튼튼한 몸과 뛰어난 치유력을 가진 카스탄이라도 여기서 떨어지면 한 덩이 고깃덩이가 될 수밖에 없을 것이다.

그러나 카스탄을 벼랑으로 떠미는 것도 쉽지 않은 문제였다.

연노궁의 볼트는 카스탄에게 모기만도 못한 무기였다. 그렇다고 검을 들자니 잭의 꼴을 면치 못할 것이 뻔했다.

시우는 연노궁을 집어넣고 볼품없는 나뭇가지를 꺼내 들었다. 세계수의 가지였다.

만약 시우에게 가능성이 있다면 그것은 마법뿐이었다.

시우는 평소의 경험으로 리젠을 사용해 흥분된 감정을 가다듬었다. 효과는 뛰어났다. 리젠을 사용하는 즉시 머리가 차갑게 가라앉았다.

할 수 있다. 시우는 스스로에게 되뇌었다.

꾸준히 리젠을 써온 덕분에 마력량도 충분했다.

하지만 시우는 눈살을 찌푸렸다. 잭이 죽은 탓에 용병들의 사기가 말도 아니었다. 아무리 마법을 쓴다 해도 그들의 도움이 없으면 카스탄을 물리치는 것은 불가능한 일이었다.

누군가 시우의 옆에 나타났다.

짐꾼인가? 시우가 놀라 돌아봤다.

그는 헨리였다.

"〈엘라의 사제 헨리의 이름으로 명하노니 너희는 검이 될지어다. 검은 부러질지언정 굽히지 않으며, 검은 패할지언정 등을 보이지 않는다. 그러니 너희는 결코 굴하지 않는 검이 될지어다.〉"

타악!

헨리가 주문을 외며 지팡이로 바닥을 짚자 환한 빛이 터져 나오며 용병들을 감쌌다.

그러자 용병들의 공포는 사라졌다. 그리고 공포가 사라진 그들에게 남은 가장 큰 감정은 복수심이었다. 그들의 보스인 잭이 죽었다. 잭은 그들에게 훌륭한 지휘관이었고 가족이었으며 친구였다.

시우는 그런 용병들의 변화에 깜짝 놀라 헨리를 보았다.

용병들이 그를 대하는 태도가 평범하진 않다고 생각했지만 그에게 이런 능력이 있는 줄은 꿈에도 생각지 못했다.

하지만 헨리의 역할은 그것이 전부였다.

지금 사용한 기술로 그의 몸에 쌓인 성력을 모두 소모하고 말았다.

애초에 헨리는 교단에 속하지 않은 자유사제였다. 쟈탄 원정은 험한 여정이었고 잭은 부하들을 위로할 수단으로 싼값에 자유사제인 헨리를 고용했던 것이다.

그러나 시우는 그것만으로도 족했다. 이것으로 조금은 가능성이 보이기 시작했다.

"〈돌격하라!〉"

"〈단장을 위하여!〉"

용병들은 분노에 몸을 맡겨 불나방처럼 카스탄에게 몸을 던졌다. 깜짝 놀란 시우도 덩달아 달려 나갔다. 연노궁의 사거리는 무척 길었고 마법의 사거리는 그보다 짧았다. 용병들을 지원하기 위해선 좀 더 접근할 필요가 있었다.

시우는 몽둥이를 치켜드는 카스탄의 모습에 마법을 발동시켰다.

"땅이여 파여라. 디그!"

시우의 마법에 카스탄의 발치가 돌연 가라앉았다. 카스탄이 딛고 있던 흙이 사라진 것이었다. 시우는 마법을 쓰면서도 효력을 의심했지만 카스탄은 하체가 부실했다. 발치가 불안정해지자 중심을 잃고 허우적거렸다.

몇몇 용병들이 카스탄에게 검을 휘둘렀다. 하지만 카스탄의 가죽은 튼튼했고 상처를 입힌 것은 소수에 불과했다. 게다가 소수에 의해 입힌 상처마저도 몇 초가 지나지 않아 회복되었다. 기껏 남긴 것은 흉터뿐이었다.

중심을 찾은 카스탄이 몽둥이를 휘둘렀다.

후웅! 퍼버벅!

한 번 휘두른 몽둥이에 세 명의 용병이 걸려 죽어나갔다. 몽둥이가 일으킨 바람이 살벌했다. 시우는 얼굴을 스치는 바람에 정신이 아찔해졌지만 용병들은 굴하지 않고 재차 카스탄에게 덤벼들었다.

공포를 잊었기 때문인지 그들의 움직임은 대단히 이성적이었다. 쟈탄을 상대하면서 탄즈의 약점이 하체임을 미리 알고 있던 용병들은 카스탄의 다리를 공략했다.

아무리 치유력이 좋아도 십여 명의 용병들이 달라붙어 휘두르는 검에 카스탄은 제대로 서있을 수 없었다.

넘어지면서도 재차 휘두르는 몽둥이에 또 세 명이 죽었지만 헨리의 성법에 걸린 용병들은 복수심으로 불타고 있었다. 쓰러진 카스탄의 눈에 검을 휘둘렀다. 화들짝 놀란 카스탄이 몽둥이를 쥐지 않은 세 개의 팔을 휘저으며 검과 용병들을 쳐냈지만 모든 공격을 막아낼 순 없었다.

용병 한 명이 검을 카스탄의 눈에 꽂아 넣는데 성공했다. 얼마나 깊게 꽂았는지 검신이 보이지 않을 지경이었다.

시우는 혹시나 하고 기대감을 품었지만 카스탄은 그런 꼴이 되고도 허우적거리며 스스로가 살아있음을 증명했다. 타겟팅하며 보았던 설명처럼 뇌를 다치는 정도론 죽지 않았다. 적어도 머리를 동체에서 떼어 놓거나 머리가 제 기능을 못할 정도로 파괴되어야 했다.

시우는 카스탄이 넘어진 사이에 주문을 외웠다.

"불꽃마저 얼어붙는다. 프리징!"

그것은 마법의 대상을 얼어 붙이는 마법. 하지만 대상은 카스탄이 아니었다. 카스탄을 얼려 깨부순다고 해봐야 지금까지 지켜본 치유력을 보아선 바로 회복될 것이 분명했다. 지금은 애초 계획했던 것처럼 카스탄을 벼랑으로 몰아붙일 수단을 찾아야 했다.

시우의 마법에 카스탄과 벼랑 사이에 서있던 쟈탄들이 허우적대다가 쓰러졌다. 바닥이 꽁꽁 얼어 미끄러진 것이다. 시우는 그것을 확인하고 스스로에게 마법을 걸었다.

"힘이여 솟아라. 스트렝스!"

그리고 냅다 달려들어 아직도 허우적거리는 카스탄을 밀었다.

3미터가 넘어가는 카스탄의 무게는 800킬로그램이 넘어갔지만 일시적으로 배가된 시우의 근력은 그런 카스탄도 밀어낼 수 있을 정도였다. 하지만 그것도 처음뿐이었다. 바닥이 너무 미끄러워 제대로 힘이 전달되지 않았다. 그 뿐 아니라 카스탄은 눈이 잘 보이지 않는 만큼 몽둥이를 열심히 휘둘러댔다. 카스탄을 밀면서 그것을 피하는 깃도 쉽지 않은 일이었다.

카스탄이 허우적거리면서도 일어나려고 시도했다. 다행히도 바닥이 미끄러워 미수에 그쳤지만 시우는 간담이 서늘해졌다.

그런 시우의 옆으로 용병이 달려들었다. 시우를 지켜보던 용병이 그의 의도를 알아챈 것이었다.

"〈카스탄을 밀어! 벼랑으로 떨어트린다!〉"

누군가 외치자 용병들은 눈에 불을 켜고 달려들었다.

잠시 정체했던 카스탄이 용병들에 의해 점점 미끄러지기 시작했다. 그것은 점차로 가속도를 얻었고 이제 그 누구도 감당할 수 없을 정도로 빨라졌다.

카스탄도 하나 남은 눈알로 벼랑이 빠르게 가까워지는 것을 확인하고 발버둥을 쳤다. 강인한 완력을 이용해 주먹을 바닥에 꽂아버린 것이다.

벼랑을 앞두고 미끄러지던 카스탄의 몸이 멈춰 섰다. 하지만 시우에겐 아직 마력이 남아 있었다.

"땅이여 파여라. 디그!"

후두두둑.

지반이 약해 무너질 조짐이 보였다. 시우는 재차 세계수의 가지를 휘둘렀다.

"땅이여 파여라. 디그! 땅이여 파여라. 디그! 땅이여 파여라. 디그!"

연달아 주문을 외우자 벼랑 끝이 무너지기 시작했다. 시우는 카스탄의 몸을 박차고 그곳에서 탈출했다. 바닥에 손을 박아 넣은 카스탄은 벼랑과 함께 지상으로 떨어질 것이다.

시우의 얼굴에 미소가 떠오르는 순간 카스탄이 시우의 발목을 붙잡았다.

"어?"

이게 아닌데.

시우는 카스탄과 함께 떨어지기 시작했다.

시우는 다급해졌다. 호랑이에게 물려가도 정신만 차리면 산다고 했다. 시우는 그것이 바로 지금임을 깨달았다.

"불꽃마저 얼어붙는다. 프리징!"

카스탄의 손가락을 얼렸다. 시우는 재빨리 세계수의 가지를 집어넣고 입문용 철검을 꺼내들고 스킬을 사용했다.

"폭염검!"

퍼엉!

얼어붙은 카스탄의 손가락이 산산이 부시졌다. 덩달아 다리도 다쳤지만 거기에 신경 쓸 겨를은 없었다.

지상이 바로 코앞이었다. 시우는 다시 철검을 집어넣고 세계수의 가지를 꺼내들었다.

"마법의 방패를 이곳에 소환한다. 매지컬 실드!"

그러자 시우 주변으로 반투명한 장막이 생겨났다. 그리고 지상과 충돌했다.

"커헉!"

아무리 마법의 방패를 쳤다지만 워낙 높은 곳에서 떨어지다 보니 충격을 완전히 해소할 수는 없었다. 시우가 피를 토했다.

띠링!

[급격한 생명력의 저하로 인해 빈사상태에 빠집니다. 행동이 불가능해 집니다.]

띠링!

[치명적인 타격으로 인해 기절상태에 빠집니다.]

시우는 정신을 잃었지만 그가 마지막으로 사용한 마법의 방패는 여전히 시우의 몸을 보호하고 있었다. 하지만 그것과는 상관없이 시우의 생명력은 계속 떨어지고 있었다. 추락의 충격으로 장기를 다친 탓이었다.

따단!

[업적 달성! 최시우님은 굴하지 않는 도전정신으로 강력한 몬스터를 물리치는데 성공하셨습니다.]

[칭호 = 카스탄 슬레이어가 주어집니다.]

[획득 경험치가 가산됩니다.]

띠링!

[레벨이 16 상승하셨습니다.]

[레벨업 효과로 생명력과 마력, 원력이 회복됩니다.]

[스탯 포인트가 32개 자동분배 됩니다. 남은 스탯 포인트가 48개 상승합니다.]

[모든 상태이상 효과가 회복됩니다.]

띵!

[충격에서 헤어 나오지 못했습니다. 상태이상 기절이 유지됩니다.]

구체 모양을 한 마법의 방패가 굴러 계곡으로 빠졌다.

시우는 물위에 둥둥 떠서 하염없이 떠내려갔다.

Respawn

NEO FUSION FANTASY STORY & ADVENTURE

4장.
포스칸

리스폰

평화롭다. 의식이 점점 깨기 시작했다. 시우는 깨는 것이 싫었다. 이대로 더 자고 싶다는 생각에 감은 눈을 뜨지 않았다.

푹신한 침대. 피부를 스치는 부드러운 원단의 이불.

침대에서 자는 것은 오랜만인 기분이었다.

그리고 시우가 느낀 평온도 거기까지였다. 시우는 벌떡 일어났다.

침대? 이불?

여기는 어디지? 혹시 가상현실게임에서 빠져나온 걸까?

시우는 눈으로 쏟아져 들어오는 밝은 빛에 눈살을 찌푸렸다. 너무 밝아 사물의 분간이 불가능했다. 잠시 기다리니 눈이 빛에 적응하기 시작했다.

시우는 실망했다. 바깥이 아니었다. 이곳은 여전히 게임 속 세상이었다.

하지만 여기는 어디지?

시우는 긴장했다. 숲 속을 한 달에 가깝게 헤매면서 시우는 몬스터를 살육하는 일상에 적응하고 있었다. 그 환경이 이렇게 갑자기 바뀌자 시우는 의심부터 들었다.

하지만 이내 기절하기 직전의 기억이 떠올랐다.

카스탄! 혹시 놈과 싸우다 죽어서 마을에서 리스폰을 한 것은 아닐까?

하지만 시우는 고개를 저었다. 리스폰을 하려면 시스템의 리스폰 확인 질문에 대답을 해야 했는데 시우에겐 그런 기억이 없었다.

이곳이 어디인지는 둘째 치고 시우는 몸 상태부터 확인하기로 했다.

이름-최시우

레벨-41

종족-인간

칭호-카스탄 슬레이어

[칭호 효과- 함성 스킬이 강화됩니다.]

생명력 (142/142)

마력 (0/284)

원력 (?/?)

근력 : 42

순발력 : 75

체력 : 47

정신력 : 7

남은 스탯 포인트 : 51

상세정보……

레벨이 41? 시우는 깜짝 놀랐지만 이내 칭호를 확인하고 고개를 끄덕였다. 벼랑으로 떨어진 카스탄이 죽어 경험치가 들어온 것이리라.

뒤이어 생명력과 마력을 확인했다.

레벨업을 한 덕분에 생명력은 가득 차 있었지만 무슨 영문인지 마력이 바닥나 있었다.

시우는 일단 리젠부터 사용했다. 지금의 상황은 도무지 이해가 되지 않았지만 앞으로 무슨 일이 생기든 마력은 회복시켜두는 것이 좋겠다는 판단이었다.

그리고 평소 하던 버릇처럼 눈을 감고 리젠을 사용하자

시우는 감각이 예민해지는 것을 느꼈다. 창 밖에서 지저귀는 새소리가 귓가에 속삭이는 듯하고 반짝이는 실크 원단의 이불이 시우의 몸에서 흘러내리는 게 느껴졌다.

마력은 머지않아 모두 회복할 수 있었지만 시우는 그 묘한 감각에 빠져 리젠을 계속해서 사용했다. 그러자 잠시 후 발소리가 들렸다. 시우는 그 발소리가 이 방으로 다가오는 것을 느끼며 아이템창을 열어 철검을 꺼내 들었다.

급하다보니 40레벨제한의 검을 놔두고 익숙한 입문용 철검을 꺼내 들었다. 하지만 다시 바꿔들 여유는 없었다. 문이 서서히 열리고 있었다.

시우는 침대 위에서 자세를 바로 했다. 궁둥이를 붙이고 있어선 즉각적인 반응이 불가능했다.

그리고 열린 문으로 침입자가 보였다.

"응?"

어린 소녀였다.

붉은 빛을 띠는 갈색 머리카락을 리본으로 얌전히 정리한 소녀는 눈을 동그랗게 뜨고 있었다.

라틴계의 까무잡잡한 피부, 붉은빛이 도는 커다란 눈, 그리고 이마 위로 솟은 두 개의 검은 뿔.

시우는 당황했다. 뿔이라니?

하지만 소녀는 그런 시우는 신경도 쓰이지 않는 지 뒤돌아 문밖으로 외쳤다.

"〈엄마! 손님 깨어났는데? 근데 검을 들고 있어!〉"

"〈리네, 엄마는 지금 바쁘니까 손님한테 잠시 기다리라고 하렴.〉"

대답이 들려오자 시우는 다시 경계했다. 되돌아온 목소리가 여자이기는 했지만 어쩌면 지원을 부르는 걸지도 모른다는 생각이 들었던 것이다.

뿔이 난 소녀, 리네는 시우가 그러거나 말거나 입을 열었다.

"〈들었죠? 조금만 기다려요.〉"

말을 마친 리네가 다가오자 시우는 검을 내밀며 외쳤다.

"거기 서! 다가오지 말라고!"

하지만 리네는 시우의 말을 알아들을 수 없었다.

"〈어? 어느 나라 말이지? 설마 오빠 아카리나인이야?〉"

리네는 시우가 내민 검이 두렵지도 않은지 고개를 갸웃거리며 물었다.

시우는 미칠 것만 같았다. 상대는 아직 어린 소녀였다. 시우는 자꾸만 고개를 내미는 리네가 다칠 것 같아 자신도 모르게 검을 잡아 뺐다.

리네가 피식 웃는 것이 보였다. 시우는 반사적인 스스로의 행동을 후회했다.

하지만 여전히 이 공간은 리네의 페이스대로 흘러가고 있었다.

침대 옆에 있던 의자를 드르륵 잡아 뺀 리네가 거기에 앉아 싱글싱글 웃었다.

"〈나 아카리나인은 처음 봐! 그쪽 사람들은 다 오빠처럼 생겼어?〉"

그런 리네의 모습에 시우는 스스로가 우스워졌다. 사실 아무런 구속도 없이 침대에 누워있던 상태에서 알아차렸어야 했다. 어쩌면 이들은 쓰러져 있는 시우를 보살펴준 사람일지도 몰랐다.

검을 들이미는데도 전혀 신경 쓰지 않는 리네가 이상하긴 했지만 시우는 그들에게 자신을 해칠 의도는 없다는 걸 이해했다.

하지만 무장을 해제하는 것은 다른 문제였다. 시우는 이 틈에 입문용 철검을 집어넣고 40레벨제한의 검을 꺼내들었다.

그것은 10레벨제한의 입문용 철검과는 디자인부터 달랐다. 손잡이 아래로는 동그란 고리와 사슬이 달려있었고 검신에는 음각으로 용이 그려져 있었다.

"〈어? 뭐야? 방금 그거 어떻게 한 거야?〉"

리네가 깜짝 놀라 물었다.

검이 허공으로 모습을 감추더니 새로운 검이 나타났다.

"〈설마 그 검에 달린 기능이라거나?〉"

리네의 눈이 욕심으로 물들었다. 시우는 그것을 직접 목격하면서도 도무지 이해가 되지 않았다. 리네의 시선이 검을 향하고 있다는 것은 보아 알지만 어린 소녀가 어째서 검을 탐한단 말인가?

그러나 그런 의문을 떠올리는 순간 시우는 허공에 떠서 공중제비를 돌고 있었다. 스스로의 의지는 아니었다. 눈을 감았다 뜨는 순간 시우의 눈으로 빙글빙글 돌아가는 세상이 보였을 뿐이었다.

털푸덕!

"헉!"

시우는 넘어지자마자 일어나 리네를 경계했다. 하지만 시우의 손에 있어야할 무기는 이미 리네의 손에 넘어간 뒤였다.

"이게 도대체……!"

시우는 리네의 바뀐 모습을 보며 식은땀을 흘렸다. 진에는 보이지 않던 문신이 전신에 걸쳐 푸르게 빛나고 있었다.

그러나 살벌하게 변해버린 모습과는 상관없이 리네는 천진난만한 눈빛으로 시우에게서 빼앗은 검을 이리저리 살피고 있었다.

시우는 왼쪽 눈을 가렸다.

리네 Lv.72

[포스칸]의 여자아이, 13세. 최근 연습용 목검이 부러져 진검을 만들어달라고 아버지를 조르는 중이다.

상세정보…….

시우는 말을 잃었다. 초인이라 불리는 익시더 잭을 한 방에 죽인 카스탄의 레벨이 67이었다. 그런데 이렇게 어린 여자아이가 그런 카스탄보다 더 레벨이 높다고?

시우는 반짝반짝 빛이 나는 [포스칸]이라는 문구를 터치했다.

이름–리네

레벨–72

종족–[포스칸]

칭호–?

생명력 (368/368)

마력 (6/6)

원력 (2/3)

근력 : 34

순발력 : 53

체력 : 273

정신력 : 7

[포스칸은 매우 호전적인 유사인종이다. 얼마나 호전적인지 인간들은 이들을 투인(鬪人) = 컴뱃티언(Combatian)이라고 부른다. 갈색의 피부와 이마에 솟은 뿔이 신체적 특징이며 이들은 선천적으로 원력을 다루는 것이 가능하다. 또한 강인한 생명력과 치유력을 지녔다. 원력을 사용하면 전신에 문신이 나타난다. 싸우는 것을 좋아하기 때문에 무기에 관심이 많고 매우 뛰어난 대장기술을 지니고 있다.]

시우는 다시 한 번 당황했다.

선천적으로 원력을 사용하는 종족?

잭과 같이 생활해본 시우는 원력이라는 것이 얼마나 대단한 힘인지 알고 있었다. 그런 원력을 태어나면시부터 사용한다고?

레벨은 문제가 아니었다. 스탯이 대부분 체력에 분배되어 있는 탓에 근력과 순발력은 시우가 더 높았다. 하지만 원력은 부족한 근력과 순발력을 보완하고도 남을 만큼의 힘을 가지고 있었다.

시우가 넋을 놓고 있는 사이에 리네를 닮은 포스칸이 한 명 더 나타났다.

"〈어머, 리네! 손님 앞에서 그게 뭐하는 짓이야? 그 검은 또 뭐고!〉"

리네의 엄마, 라이나의 날카로운 언성에 리네는 깜짝 놀라 원래의 상태로 돌아왔다.

"〈오빠한테 잠깐 빌린 거야. 진짜란 말이야!〉"

라이나는 화가 난 표정으로 리네를 노려봤다. 그녀는 리네를 낳아 기른 어머니였다. 리네가 거짓말을 할 때에 한해 진짜라는 말을 쓰는 것을 모를 리가 없었다.

"〈그럼 이제 돌려주렴. 미안하구나. 리네가 아직 철이 안 들어서 그러니 이해해주렴.〉"

라이나가 말했지만 시우는 알아들을 수 없었다.

"〈그 오빠 공용어 몰라.〉"

리네의 말에 라이나가 놀라 시우를 돌아보았다. 확실히 이국적인 외모이긴 했지만 설마 헤카테리아 대륙 공용어를 모를 거라곤 생각지 못했다.

"〈곤란하네. 설마 말이 안 통하다니.〉"

잠시 생각이 잠겼던 라이나는 문득 떠올랐다는 듯 문밖을 나갔다 돌아왔다.

"〈이거 네 물건이지? 강에서 발견했을 때 소중한 듯 꼭 쥐고 있었다고 하더라고.〉"

그것은 세계수의 가지였다. 시우가 깜짝 놀라 아이템창을 확인해보고 그것이 자신의 아이템이라는 것을 깨달았다.

하지만 시우의 경계는 아직 꺾이지 않았다. 다가가길 망설이는 시우의 모습에 라이나는 리네가 들고 있던 검도 빼앗아 시우에게 성큼성큼 다가갔다.

시우는 당황했지만 라이나의 행동은 거침이 없었다.

라이나는 검과 지팡이를 시우에게 쥐어주며 말했다.

"〈너는 마법사지? 마법사에게 지팡이가 없어선 체면이 안서잖아.〉"

라이나는 상냥한 미소를 지었다. 시우는 멍하니 그 얼굴을 바라보다가 얼굴을 붉혔다. 겁만 많아서 이들을 경계하는 것이 바보 같았다.

시우는 일단 검과 지팡이부터 아이템창에 넣었다. 그것을 지켜본 라이나가 화들짝 놀랐다. 하지만 그 직후 시우의 배에서 들려오는 소리에 배시시 미소 지었다.

꼬르륵!

"〈배고프지? 여기서 기다리렴. 마침 음식이 남았으니까.〉"

시우를 침대에 억지로 앉히고 방을 떠난 라이나가 접시를 들고 다시 찾아왔다.

감자 두 알과 수프 한 그릇, 그리고 빵 한 소각이었다.

어차피 육포가 있는 시우는 그것이 필요 없었다. 시우는 거절하려 했지만 이내 수프에서 모락모락 김이 올라오는 것을 보았다. 따뜻했다. 아마 시우에게 주기 위해 다시 데워 온 모양이었다.

시우는 곤란한 표정을 짓다가 그것을 받아들었다.

자신도 모르게 받긴 했지만 일단 한 번 받으니 새삼 거절하기가 어려워졌다.

시우는 스푼을 들었다. 어차피 죽는 것도 아니고 그냥 눈 딱 감고 먹으려는 생각이었다. 그러나 한 스푼 떠먹은 수프는 시우가 예상하던 것과는 다른 맛이 났다.

"맛있어."

시우는 수프를 허겁지겁 떠먹었다. 빵도 한 입 물어보니 이전에 먹었던 흑빵과는 전혀 다른 맛이 났다. 부드럽고 고소했다.

배가 따뜻하니 곤두선 긴장이 녹아내렸다. 사실 시우는 육포에 질려있었다. 용병들의 음식은 그저 배만 채우는 용도일 뿐 대단히 맛이 없어 먹지 않았을 뿐이었다.

시우는 그릇을 전부 비우고 나서야 자신을 바라보는 시선들을 의식할 수 있었다.

시우가 식사를 하는 모습을 라이나와 리네가 뚫어져라 쳐다보고 있었던 것이다.

"자, 잘 먹었습니다."

시우의 얼굴이 빨개졌다.

식사를 마치자 라이나가 옷을 한 벌 가져왔다. 시우가 입고 있던 가죽갑옷은 라이나가 벗겼는지 시우는 반팔 반바지 차림이었기 때문이었다.

창밖의 나무는 이미 단풍이 들어 있었다. 점차로 추워지는 날씨에 이런 옷가지는 솔직히 고마웠다. 가죽갑옷을 입으면 따듯하긴 하지만 답답한 감이 없지 않았다.

시우는 리네 모녀가 방 밖으로 나가자 옷을 갈아입으며 생각에 잠겼다.

시스템이 해킹을 당하고 게임 속에서만 생활한 지 벌써 한 달 가량이 지났다. 한 달 전에도 시우의 몸은 위급한 상태였다. 어쩌면 조만간 현실의 몸에 한계가 찾아올지도 모른다는 생각이 들었다.

"어쩌면 그래서인지도."

어쩌면 곧 죽을 시우를 생각해서 굳이 해킹당한 시스템을 고치지 않는 것일 수도 있다는 생각이 들었다. 죽음의 공포를 잊고 게임 속을 만끽할 수 있도록.

물론 지금 시우에게 게임은 현실보다 혹독한 세상이었지만 말이다.

옷을 입고 내려다보니 뭔가 허전한 느낌이 들었다. 사이즈가 너무 컸다. 하지만 옷감이 두꺼워서 그런지 확실히 따듯했다.

시우는 방 문을 열고 나왔다. 시우는 헐렁한 소매를 펄럭이고 흘러내린 바지춤을 붙잡고 다녔다.

현재 게임 속에 구현된 시우의 캐릭터는 병으로 육체가 쇠하기 전에 스캔해둔 모습을 그대로 사용하고 있었다. 육체 나이로 따지자면 15살 정도로 키도 리네와 크게 차이나지 않았다.

리네가 시우를 손가락질하며 비웃었다. 몸에 맞지 않는 옷을 입은 게 제법 우스운 모양이었다. 라이나가 그런 시우의 옷매무새를 가다듬어주었다. 소매와 바지 밑단에 웬 끈이 달려있다 했더니 헐렁거리지 않도록 묶는 용도였던 모양이었다.

옷매무새를 고치고 라이나가 가져온 혁대를 차니 통이 큰 것 이외에 불편함은 느껴지지 않았다. 시우가 라이나에게 슬쩍 고개를 숙여 감사를 표하자 라이나가 밝게 웃었다.

"〈리네, 손님에게 마을 구경이라도 시켜주렴. 마을사람들한테 손님 얼굴도 알릴 겸해서 말이야. 혹시 침입자로 오인해서 결투라도 걸었다간 큰일이니까.〉"

리네는 라이나의 말에 흔쾌히 응했다.

라이나는 어쩐지 조금 들떠 보이는 리네의 모습이 불안하게 느껴졌다.

라이나도 리네의 기분은 이해했다. 포스칸의 마을에 이종족의 손님이 찾아오는 것은 매우 드문 일이다. 그런 손님이 머문다는 것은 대단한 화제 거리였다.

어쩌면 리네는 마을 구경이라는 명목으로 손님을 대동하고 다니며 과시를 하고 싶은 것일지도 모른다는 생각이 들었지만 이내 모른 체했다.

시우는 자신의 손을 잡아끄는 리네의 모습에 집 밖으로 나가자는 뜻임을 이해했다.

괜찮냐는 뜻으로 라이나를 쳐다보니 라이나가 안쓰러운 표정으로 쳐다보고 있었다. 시우는 고개를 갸웃거렸지만 라이나는 괜찮다고 고개를 끄덕였다. 시우는 안심하고 리네가 이끄는 대로 대문을 나섰다.

시우는 마을의 광경에 감탄했다.

딱히 특별한 의미는 없었다.

마을의 외관은 평범했지만 시우에게는 그것이 도리어 감탄스러웠다. 그도 그럴 것이 이전의 가상현실게임은 모형 같은 주택들 가운데 상점만 덩그러니 서있는 '게임의 마을'이었으니까. 이곳은 마치 정말로 먼 옛날 실존했을 것만 같은 현실감이 느껴졌다.

말하자면 생활감이 넘친다고 한까?

시우의 걸음이 느려지자 잡아끄는 힘이 강해졌다. 리네였다. 시우는 좀 더 천천히 마을을 구경하고 싶었는데 리네는 마음이 급했다.

"〈오! 리네. 그게 라이나가 말했던 손님이냐?〉"

누군가 말을 걸자 리네가 멈춰 섰다. 리네와 라이나처럼 머리 위로 뿔이 자란 포스칸이었다.

"〈네!〉"

"〈반갑소. 검은 머리의 손님. 제법 독특하게 생겼구려. 허허.〉"

"〈이 오빠는 공용어를 몰라요. 아저씨. 그리고 지금 제가 조금 바쁘거든요?〉"

리네가 다리를 동동 구르자 리네에게 말을 건 아저씨가 쓰게 웃었다.

"〈그러니?〉"

"〈네. 그러니까 인사는 나중에 하세요.〉"

그리고 리네는 시우를 다시 잡아끌었다. 시우는 영문도 모른 채 다시 끌려갔지만 멀어지는 아저씨가 슬쩍 고개 숙여 인사하는 모습이 보이자 시우도 같이 목례를 했다.

시우는 한참을 끌려갔다. 도중에 향긋한 냄새가 나는 빵 가게와 잡화점, 무기점과 같은 곳이 보였다. 시우는 그곳에 먼저 들러보고 싶었지만 리네는 걸음을 멈추지 않았다.

리네가 결국 걸음을 멈춘 곳은 마을의 변방이었다.

시우는 고개를 갸웃거렸다.

마을이라면 보통 몬스터나 적이 침범하지 못하도록 해자 따위를 마을의 경계에 만들어 놓는 게 정상이었는데 해자는커녕 그 흔한 목책도 보이지 않았던 것이다.

시우는 몰랐지만 포스칸에게 목책이나 해자만큼 쓸모없는 것도 없었다. 포스칸은 치고 박고 싸우는 것을 좋아했다. 만약 누가 무기를 들고 습격해온다면 만면에 미소를 띄우고 두 팔 벌려 환영할 종족이 바로 포스칸이었다.

그것은 몬스터도 마찬가지였다. 무기를 들 수 있는 나이가 되면 그 한명 한명이 카스탄과 맞서 싸울 수 있는 종족이 포스칸이었다. 그런 포스칸을 감당할, 아니 그들의 마을에 접근할 미친 몬스터는 존재하지 않았다.

"〈어! 리네다!〉"

시우의 시선으로 포스칸의 소년 소녀들이 들어왔다. 대부분이 리네의 또래이거나 한두 살 정도 더 많아 보였는데 성인은 없었다. 또 특이한 것은 그곳에 모여 있는 아이들의 대부분이 나무로 된 무기를 들고 있다는 것이었다.

한손검, 두손검, 도끼에 워해머, 채찍에 활까지. 병정놀이라도 하려고 모인 거라기엔 대단히 살벌한 모습이었다.

"〈리네가 누굴 데려왔는데?〉"

"〈외지인?〉"

시선이 모이며 다들 웅성거리기 시작하자 리네는 우쭐해졌다.

"〈이번에 찾아온 마을의 손님이야. 당분간 우리 집에서 신세를 지기로 했어.〉"

"〈와! 나 외지인은 처음 봐!〉"

한 아이가 신기해하자 리네가 덧붙였다.

"〈헤카테리아 대륙 공용어를 모르더라고. 어쩌면 아카리나 대륙인일 수도 있어!〉"

그러자 웅성거리는 목소리가 한층 더 커졌다.

애초에 손님 자체가 드문 이곳에 같은 대륙인도 아니고 아카리나인이 찾아왔다는 것은 그만큼 화제 거리가 되는 이야기였다.

"〈그래서 저렇게 머리랑 눈이 까만 건가?〉"

"〈우리랑 비슷한 나이로 보이는데 그 먼 거리를 어떻게 건너왔지?〉"

웅성웅성.

목소리가 커질수록 리네의 콧대는 더 높아졌다.

그것을 눈꼴사납다는 듯 지켜보던 한 소년이 나섰다. 평소부터 리네와는 자주 다투는 아이였다.

"〈야! 그거 좀 이상하지 않아?〉"

활짝 웃던 리네의 얼굴이 굳어졌다.

"〈테이트. 그게 무슨 소리야?〉"

"〈이렇게 어린 애가 혼자서 바다를 건너왔을 리는 없잖아?〉"

"〈그래서 그게 어쨌다는 거야!〉"

"〈우리 아빠가 인간은 코리보다도 약하다고 했어. 그런데 보호자도 없이 이런 깊은 숲속을 헤맨다고? 엄청 이상하잖아. 말도 안 통한다며? 혹시 노예로 잡혀왔다가 숲으로 도망쳐 나온 거 아니야? 그렇지 않고는 인간이 이런 곳을 헤맬 리는 없잖아.〉"

테이트가 그렇지 않냐는 듯 주변을 두리번거렸다. 확실히 테이트의 말은 그럴 듯했다. 아이들이 수긍하며 고개를 끄덕거렸다.

리네는 화가 났다. 솔직히 테이트의 말에 리네도 그럴지도 모른다는 생각이 들었다. 하지만 그걸 인정할 수는 없었다.

"〈아니야! 그럴 리가 없어!〉"

"〈그리고 그 검은 머리한테서 이상한 냄새도 나고.〉"

테이트가 시우의 몸에 코를 들이대더니 코를 틀어막았다. 확실히 시우의 몸에는 누린내가 배어 있었다.

몬스터를 살육하며 밴 살육자의 냄새였다. 물도 부족하고 이 세상을 게임이라 생각하는 시우는 그다지 씻을 생각을 하지 않았기에 깊게 밴 냄새였다. 강에서 한참을 떠내려 왔지만 그걸로도 누린내는 쉽사리 씻겨나가지 않았다.

리네는 분했다. 테이트의 말이 그럴싸해서 더욱 분했다. 반박할 소재가 필요했다.

리네는 그때 엄마가 했던 말이 떠올랐다.

"〈오빠는 노예 따위가 아니야! 이 오빠는 마법사란 말이야!〉"

"〈뭐? 마법사? 마법은 어른들만 쓸 수 있어! 이렇게 어린애가 마법사일리 없잖아! 거짓말하지 마!〉"

"〈거짓말 아니야! 정말 마법사란 말이야! 오빠 그거 해 줘! 허공에서 검 꺼내는 거!〉"

리네는 시우를 간절하게 올려다보았지만 시우는 알아들을 수 없었다.

테이트는 시우가 정말로 마법을 쓸까 봐 조마조마했다. 하지만 시우는 멀뚱멀뚱 리네만 바라보고 있었다.

테이트는 시우가 말을 못 알아듣는다는 걸 떠올리고 외쳤다.

"〈그거 봐! 못하잖아! 리네는 거짓말쟁이!〉"

"〈아니야! 아니란 말이야!〉"

리네는 울먹거렸다. 억울했다. 만약 목검만 들고 있었다면 테이트 저 놈의 머리빡을 박살내 버렸겠지만 지금은 무기가 없었다. 테이트는 강했다. 무기가 없으면 필패였다.

시우는 난데없이 리네를 손가락질하며 놀리는 아이들의 모습에 당황했다. 아무래도 자신의 이야기를 하는 듯했는데 이야기가 어떻게 흘러가는지 영문을 알 수 없었다.

시우가 허둥거리는 사이에 리네가 갑자기 마을로 뛰어갔다. 시우는 당황해 잠시 머뭇거렸지만 지금 시우가 의지할 수 있는 사람은 리네뿐이었다.

시우는 리네의 뒤를 쫓았다. 혹시 리네가 울지는 않는지 걱정이 되었다.

리네는 좁은 골목에 앉아 무릎을 끌어안고 있었다.

아마 울고 있는 모양이었다. 시우는 당황해 어쩔 줄을 몰랐다.

"〈말도 모르는 바보! 저리 가버려! 너 같은 거 필요 없어!〉"

리네가 흙을 뿌렸다. 시우는 어쩔 수 없이 흙투성이가 되었다. 말이라도 통하면 살살 달래보기라도 할 텐데. 시우는 답답했다.

리네는 한참을 그렇게 훌쩍거렸다. 시우는 그 앞에서 죄라도 지은 듯 꼼짝할 수 없었다. 고역이었지만 리네를 두고 떠날 수 없었다. 아직 길도 몰랐다.

마침내 리네가 자리에서 일어난 것은 해가 저물어가는 저녁이었다. 끼니때가 되어 집집마다 연기가 모락모락 올라가기 시작했다.

리네는 시우를 무시하기 시작했다. 시우는 거친 걸음으로 앞서 가는 리네의 뒤를 따라갔다.

리네가 향한 곳은 한 무기점이었다. 하지만 단순한 무기점이라기엔 무척 거대한 건물이었다. 깡깡 시끄러운 쇳소리가 바쁘게 울리는 걸 보니 대장간이 붙어있는 무기점인 모양이었다.

시우는 반갑기도 하고 의아하기도 했지만 일단 리네를 따라 무기점으로 들어갔다.

"〈리네! 무슨 일이야? 설마 울었어?〉"

"〈체트 오빠. 아빠 좀 불러줘.〉"

리네의 풀이 죽은 목소리에 체트는 걱정이 되었다.

"〈어. 잠깐만 기다려.〉"

청년이 무기점 뒤로 사라진 지 얼마 되지 않아 뺨에 흉악한 흉터를 가진 포스칸이 나타났다.

리네의 아빠, 체실이었다.

"〈리네! 이게 무슨 일이야!〉"

리네는 체실을 보자마자 다짜고짜 울기 시작했다.

"〈아빠! 흐아앙! 나 손님 싫어. 이 검은 머리 다른 곳에 보내면 안 돼?〉"

체실이 시우를 묘한 눈빛으로 쳐다보았다.

강가에 쓰러져 있는 시우를 발견해 데려온 것은 체실이었다. 처음에는 마을에 데려오는 것도 많이 고민하고 무시할까도 했었다.

혹시 이 검은 머리가 리네에게 해코지를 한 건 아닌가 후회가 되었다.

물론 고작 인간 따위가 포스칸인 리네를 해칠 수는 없겠지만.

"〈데려오는 것이 아니었다. 꼬맹이, 너 도대체 리네에게 무슨 짓을 한 거지?〉"

체실이 물었지만 시우는 대답할 수 없었다.

"〈대답할 생각이 없는 건가?〉"

체실은 바로 옆에 전시되어 있던 검을 집어 들었다.

"〈대답하지 않으면 다칠지도 몰라.〉"

체실의 협박에 시우는 주춤 물러서며 검을 꺼내들었다. 이번에는 실수 없이 제대로 40레벨제한이 걸린 검, [귀중한 한손검]을 꺼냈다.

무기를 꺼내면서도 시우는 일이 크게 잘못됐다는 걸 알았지만 말이 안 통하니 변명도 할 수 없었다. 상대는 성인 남성의 포스칸이었다. 시우가 살아남을 확률은 극히 적었다.

체실은 허공에서 모습을 드러낸 검에 깜짝 놀랐지만 내색하지 않았다.

"〈무기를 드는가. 포스칸과 싸우겠다고?〉"

체실의 분위기가 한층 사나워졌다. 훌쩍이던 리네도 울음을 멈출 정도이 살기였다.

리네도 그제야 일이 너무 커졌음을 깨달았다.

"〈아, 아빠. 그 검은 머리 사실은 공용어를 몰라.〉"

"〈그래도 니를 올린 것은 사실이지 않느냐.〉"

리네는 얼굴이 파랗게 질렸다. 아빠는 이미 싸우고 싶은 생각으로 머리가 가득 찼다는 걸 깨달았기 때문이었다.

만약 검은 머리와 아빠가 싸우면 검은 머리는 반드시 죽는다. 그건 리네도 싫었다.

리네는 아빠에게 자초지종을 설명했다.

체실은 모든 이야기를 듣고 허탈해졌다. 듣고 보니 검은 머리는 잘못이 없었다. 테토네 자식 테이트가 괘씸했지만 지금은 그것이 문제가 아니었다.

"〈이런 미안하게 됐네. 내가 너무 성급하게 판단했군.〉"

체실이 검을 내려놓고 시우에게 다가갔지만 시우는 여전히 긴장을 풀지 않았다.

귀중한 한손검을 내밀며 위협하자 체실이 그 검을 맨손으로 후려쳤다.

따아앙!

"흡!"

시우는 깜짝 놀랐다. 어깨가 빠질 듯이 아파왔다. 체실이 쳐낸 검이 날아가려는 걸 억지로 붙잡은 탓이었다. 하지만 그런 시우와는 다른 이유로 체실도 깜짝 놀랐다.

사실 체실은 검을 부술 생각으로 후려친 것이기 때문이었다. 검신에 새겨진 그림을 제외하면 그다지 쓸모도 없어 보이는 검이라고 생각했는데 엄청나게 단단했다.

체실이 달려들었다.

시우는 오늘 두 번째로 허공을 부유해야 했다.

부전녀전인걸까.

허공을 한 바퀴 돌고 떨어진 시우는 자신의 손에서 검이 사라진 걸 확인하고 그렇게 생각했다.

체실은 시우에게서 빼앗은 귀중한 한손검을 열심히 살

폈다. 사과를 하려던 생각은 머릿속에서 사라진지 오래였다.

이 검은 정말 단단했다. 금은커녕 흠집도 생기지 않았다. 당연했다. 유저의 무기는 파괴불가 오브젝트였으니까.

"〈너! 이 검 어디서 났나!〉"

체실이 흥분해 외쳤다. 시우는 기겁했다. 넘어진 자세로 뒤로 물러났지만 곧 벽에 막혀 물러날 곳이 없었다.

체실의 눈에서 불타오르는 탐욕은 광기에 가까웠다.

"〈아빠! 검은 머리는 말을 모른다니까!〉"

"〈앗! 이런 젠장! 그럼 이 검의 출처를 알 수가 없잖아?!〉"

체실은 머리를 쥐어뜯으며 외쳤다. 정말 아쉬웠다. 이토록 단단한 금속을 만드는 대장장이가 있다니! 그의 이름이라도, 될 수 있다면 제자로 들어가고 싶은 솜씨였다.

검의 날이 너무 평범한 게 마음에 걸리긴 했지만 인간에게 선물하려고 일부러 날을 안 세운 걸 수도 있다는 생각이 들었다. 검신에 새겨진 그림은 체실의 가설에 힘을 더해주고 있었다.

"〈말을 모르면 가르치면 되지!〉"

체실의 말에 리네가 맞장구를 쳤다.

"〈맞아! 말을 가르치면 되잖아!〉"

시우가 마법을 쓰는 것은 분명 보았다. 그러니 말만 통하면 언제든 검은 머리가 마법사라는 걸 증명할 수 있었다.

마법사가 노예일리는 없으니 테이트의 가설을 무너트릴 수 있는 것이다.

부녀의 눈이 광기로 불타올랐다. 시우의 등 뒤로 식은땀이 흘렀지만 부녀는 신경 쓰지 않았다. 갑자기 광기를 친절로 가장한 체실이 시우를 강제로 일으켜 세우고 흙을 털어주었다.

"〈아까 있던 일은 너무 마음에 두지 말게. 내가 너무 채신머리가 없었네. 혹시 필요한 검이라도 있는가? 원하는 게 있으면 다 가져가게!〉"

체실이 시우를 검이 전시된 앞으로 데려갔지만 시우는 어찌할 바를 몰랐다.

"〈그렇게 빼지 말고 이건 어떤가! 그렇게 좋은 검은 아니지만 네 키엔 제격일거야!〉"

시우는 검을 받아들고 불안한 표정으로 체실을 쳐다보았다.

혹시 또 싸우자는 건가?

그러나 체실은 밝게 웃으며 열심히 가지라는 시늉을 하고 있었다.

간신히 그 뜻을 알아챈 시우가 손가락으로 자신을 가리키자 체실이 열심히 고개를 끄덕였다.

시우는 영문을 알 수 없었지만 주겠다는 것을 거절할 생각은 없었다.

귀중한 한손검을 바닥에 놓았다. 체실이 준 검은 그 옆에 놓고 시우는 왼쪽 눈을 가렸다.

귀중한 한손검(제한 Lv.40)
공격력 98
설명- 검신에 용이 각인된 장식용 검.

체실강 단검
공격력 236
내구력 (185/187)
설명- 테트라 마을의 제일 대장장이 체실이 만든 단검.
체실 본인이 검은 머리의 이방인에게 준 화해의 선물이자
뇌물이다.

시우는 자신이 잘못 보았나 눈을 비볐다.
보이지 않았다.
이 정도 공격력이라면 못해도 레벨제한이 70은 되어야
하는데 레벨제한이 달려있지 않았다.
의심쩍은 시우가 단검을 들고 휘둘러보았지만 아무런
변화도 없었다.
레벨제한을 어긴 아이템을 사용하면 경고음과 함께 아
이템이 사용불가 상태가 된다. 무기나 방어구는 무거워지

고 포션은 일시적으로 단순한 물이 되어버린다. 그런데 이 무기, 체실강 단검에는 아무런 변화도 일어나지 않았다.

혹시?

시우가 깜짝 놀라 왼쪽 눈을 가리고 사방을 둘러보았다.

체실강 두손검
공격력 1,217
내구력 (236/237)
설명- 테트라 마을의 제일 대장장이 체실의 합금으로 만든 두손검.

없었다. 레벨제한이 없었다. 이전에 없던 내구력이라는 수치가 생기긴 했지만 모든 무기에 레벨제한이 존재하지 않았다.

체실과 리네, 그리고 테트라 대장간의 접대를 하던 체트가 그런 시우를 이상한 눈빛으로 바라보았지만 상관없었다.

레벨을 올릴 필요 없이 강한 무기를 사용할 수 있다니!

시우가 외쳤다.

"저, 저거! 제가 살게요!"

체실은 시우가 두손검을 달라고 하는 걸 알아들었지만 고개를 저었다.

"〈저건 너에게 너무 빨라. 체중이 가벼워서 검을 휘둘러도 너 자신이 휘둘릴 뿐이라고.〉"

체실이 손을 내밀며 이야기하는 모습에 시우는 그것이 돈을 요구하는 거라고 생각했다. 시우는 바로 아이템창을 열었다.

시우는 용병들과 같이 생활하면서 이곳의 돈을 본적이 있었다. 이전에 있던 가상현실게임에선 구입을 하면 자동으로 돈이 빠져나갔지만 이곳에선 화폐를 사용해야 하는 것이리라.

시우는 아이템창 밑에 적힌 3억 골드를 보았다. 저 아이템의 가격이 얼만지는 모르겠지만 이정도 돈이라면 부족하진 않을 것 같았다. 하지만 시우는 이내 당황했다. 골드는 따로 아이템으로 구분되지 않고 그저 숫자로 표기되고 있었다. 그것만은 넣고 뺄 수가 없었다.

시우는 좌절했다. 기존의 돈은 사용할 수 없었다. 만약 저것을 사고 싶다면 이쪽 세상에서 일을 해 돈을 벌어야 했다.

시우는 아이템을 몇 개 팔아볼까 생각했다. 하지만 아이템을 몇 개 판다고 해서 저 무기를 구입할 수 있을 거라는 생각은 들지 않았다.

그렇다고 포션과 같은 귀중한 아이템을 팔수도 없었다.

시우가 실망하며 축 늘어졌지만 체실은 단호했다.

그는 만들어낸 물건을 파는 장사치였지만 또한 대장장이였다. 도구는 올바른 용도에 쓰여야 한다는 것이 그의 생각이었다. 시우의 키와 체중에는 저 단검이 제일 적당했다.

"〈그만 체념하게.〉"

체실이 시우의 어깨를 두드리며 위로했다. 그러나 시우는 점점 풀이 죽을 뿐이었다.

'하긴 곧 죽을 놈이 신상 아이템은 무슨.'

피식 웃고 나니 마음이 편해졌다. 사실 체실이 선물해준 단검도 지금의 시우에겐 과분한 물건이었다.

시우의 기분이 조금 나아진 것 같자 체실도 밝게 웃었다.

"〈좋아! 체트, 오늘은 일찍 퇴근하겠다. 다른 대장장이들에게 잘 말해줘!〉"

"〈아, 예!〉"

시우는 어깨동무를 해오는 체실에게 붙잡혀 집으로 끌려갔다.

마침 집에서는 라이나가 저녁 식사 준비를 마친 참이었다.

"〈어머, 벌써 손님이랑 그렇게 친해진 거예요?〉"

"〈그럼! 단검을 선물했더니 두손검을 달라는 아주 호쾌한 소년이야. 분명 장래에는 위대한 전사가 되겠지! 흐허

허허!)"

이상하게 기분이 고조되어 있는 체실의 모습에 라이나가 리네를 보며 술 마시는 시늉을 했다. 혹시 취했냐는 뜻이었다.

리네는 고개를 저었다. 라이나는 갸웃거렸지만 리네의 추가 설명은 없었다.

시우에게 말을 가르치면 테이트를 묵사발 낼 수 있다는 생각에 잠깐 기분은 좋아졌지만 아직도 낮에 있었던 일이 속상했던 탓이다.

다들 식탁에 앉아 식사를 시작하자 리네가 시우에게 말했다.

"베프."

"뭐?"

"샤이마 베프."

리네는 빵을 가리키고 있었다.

"베프?"

시우가 따라하자 리네의 얼굴이 밝아졌다. 이번에는 수프를 가리키며 말했다.

"라네."

"라네?"

"샤이마 라네. 헤카테리아 페리 쿠샤고메 샤이먼 라네마."

갑자기 말이 많아지자 시우는 다시 고개를 갸웃거렸지만 리네는 포기하지 않았다.

반드시 테이트의 얼굴이 구겨지는 것을 봐야 했다.

식탁 앞에서 식사는 않고 그렇게 시우를 가르치던 리네가 갑자기 고개를 갸웃거렸다.

"〈그런데 이 사람은 이름이 뭐지?〉"

"〈뭐?〉"

"〈언제까지 검은 머리라고 부를 수는 없잖아.〉"

"〈그야 그렇지만 어떻게 물어보지?〉"

리네가 고개를 갸웃거리다가 씩 웃으며 스스로를 가리켰다.

"리네."

그리고 엄마와 아빠를 차례로 가리켰다.

"라이나. 체실."

이번에는 시우를 가리켰다.

"〈너는?〉"

시우에게 이름을 물어본 두 번째 NPC였다.

갑자기 차가운 시체의 감촉이 시우의 뇌리를 스쳤다. 기분이 좋지 않았다. 그러나 이름을 밝혀두는 것은 나쁘지 않다고 생각했다. 무슨 뜻인지는 몰랐지만 시우는 〈검은 머리〉라고 불리는 게 싫었다.

"최시우."

"체슈?"

"시우."

"슈우?"

역시나 리네도 시우의 이름을 발음하지 못했다.

시우가 체념하자 리네는 자신의 발음이 정확하다고 생각한 모양이었다.

"슈! 슈!"

"슈!"

"슈마 레모 나마다마?"

일가족이 시우를 슈라고 부르기 시작했다.

슈라고 불릴 때마다 잊고자 했던 일들이 자꾸만 떠올랐다. 차가웠던 메이의 시체, 말이 통하지 않아 겪어야 했던 괴로움들.

시우의 눈에서 갑자기 눈물이 터졌다.

"어? 어?"

시우는 당황했다. 리네도 당황했다. 체실은 한숨을 쉬고 라이나는 당연하다는 태도로 시우의 등을 어루만졌다. 흘러나오는 눈물의 양이 많아졌다.

"왜……?"

시우는 영문을 알 수 없었다.

그러나 라이나와 체실은 알 수 있었다. 가족도, 지인도, 심지어 말이 통하는 사람도 없는 이곳에서 홀로 헤맸어야

할 시우의 괴로움을.

어쩌면 지금까지 시우의 이름을 불러주는 사람조차 없었을지 모른다고.

"〈괜찮아. 그냥 놓아버리렴.〉"

라이나가 시우를 끌어안자 시우는 더 이상 참을 수 없게 되었다.

시우는 숨을 죽였다. 울고 싶지 않았다. 그래서 우는 소리가 흘러나오지 않게 숨을 죽였다. 그러나 그런다고 울음이 멈추지는 않았다.

시우는 그렇게 한참을 울었다.

Respawn

NEO FUSION FANTASY STORY & ADVENTURE

5장.
변화

리스폰

　시우가 갑자기 울음을 터트린 덕분에 떠들썩하던 식탁
의 분위기가 착 가라앉았다. 시우는 더 이상 식사를 할 기
분이 아니었다. 그러나 라이나가 자꾸만 식사를 강요했다.
시우는 그녀의 행동에 못 이겨 수프를 떠먹었다.

　역시나 라이나의 수프는 맛있었다. 시우는 언제 울었냐
는 듯 그릇을 싹싹 비웠다.

　리네 일가는 시우에게 방을 내어주었다. 시우가 깨었던
그곳이었다. 원래는 둘째를 낳으면 주려고 했던 방이었지
만 오랫동안 비어있었다.

　체실과 라이나가 방을 떠나자 시우는 침대에 누웠다. 눈
을 감고 한참을 그러고 있었다. 하지만 마음이 심란한 탓

인지 잠이 오지 않았다.

시우는 일어나 앉았다. 카스탄을 죽이고 획득한 스탯 포인트를 아직 분배하지 않았다.

시우는 스탯창을 열었다. 시우의 시선이 다른 곳에 머물렀다.

칭호-카스탄 슬레이어

[칭호 효과- 함성 스킬이 강화됩니다.]

새로운 칭호를 획득했던 것은 이미 알고 있었기 때문에 큰 감흥은 없었다. 단지 약간의 호기심이 들었을 뿐이었다. 시우는 스탯을 적당히 분배하고 스킬창을 열어보았다.

함성 Lv.9

숙련도 (97.3%)

소모 마력- 20

설명- 큰 목소리로 적의 사기를 무너트린다.

시우는 고개를 갸웃거렸다.

원래 함성 스킬의 효과는 큰 목소리로 주의를 끌어 적개심을 상승시키는 것이었다. 바뀌기는 했지만 강화라는 생각은 들지 않았다. 함성 스킬은 적개심을 상승시켜 몬스터를 끌어들이는데 의미가 있기 때문이었다.

시우는 불만이었지만 이내 함성 스킬에서 시선을 돌렸다.

시우의 관심이 다른 스킬들로 넘어갔다. 40레벨을 넘었으니 사용할 수 있는 스킬과 마법이 늘어났다. 사용할 수 있는 기술들은 미리 파악해 두는 것이 좋았다.

시우는 스킬 몇 개가 사라진 것을 알아차리고 눈살을 찌푸렸다. 한동안 스킬창을 노려보던 시우는 이내 사라진 것이 아니고 변화된 것임을 알아챘다.

검의 재능 Lv.Max
설명- (패시브)검을 배우기에 최적의 조건을 갖춥니다.

활의 재능 Lv.Max
설명- (패시브)활을 배우기에 최적의 조건을 갖춥니다.

마법의 재능 Lv.Max
설명- (패시브)마법을 배우기에 최적의 조건을 갖춥니다.

원래는 각각 소드, 보우, 매직 마스터리였던 스킬들이었
다. 공격속도 상승이나 데미지 증가, 명중률 상승 등 효과
가 제법 대단했던 스킬들이었는데 전혀 쓸모가 없는 스킬
들로 변모를 하고 말았다.

설마하니 정말로 없던 재능이 생기지는 않을 것이 아닌
가? 시우에게는 실질적으로 전투를 보조해주던 과거의 마
스터리 스킬이 더욱 좋아보이는 것이 당연했다.

시우는 짜증을 내며 다른 스킬들도 살펴보았다. 다행히
도 피해를 입은 스킬은 마스터리에 한정되어 있었다.

해킹으로 인한 피해는 나름 익숙해졌다 생각했는데 이
번에는 정말 뒤통수를 맞은 기분이었다. 설마하니 이제 와
서 다시 피해를 입을 줄이야.

시우는 벌러덩 드러누웠다. 이런 일에 일희일비하는 것
이 너무 지쳤다. 그냥 전부 잊고 싶었다.

그렇게 누운 채로 창밖에 뜬 별을 보다가 시우는 깊은
한숨을 내쉬었다.

지난 한 달 동안 살아남는다고 몸에 밴 버릇이 문제였
다. 그냥 쉬려고하니 허전하고 불안해서 견딜 수가 없었다.

시우는 누운 채로 눈을 감고 리젠을 사용했다. 풀벌레
소리가 크게 들려왔다. 마음이 평온해졌다.

시우는 자신도 모르는 사이에 잠이 들고 말았다.

시우가 잠에서 깬 것은 이른 아침이었다. 아직 해가 뜨지 않아 대단히 어두웠다. 시우는 버릇처럼 리젠을 사용했다. 잠이 덜 깬 몽롱하던 정신이 점차로 맑아졌다.

그렇게 한참 동안 리젠을 하던 시우는 문밖에서 발소리를 들었다. 인기척은 시우의 방문 앞에 멈춰 서서 머뭇거리고 있었다.

시우는 리젠을 중단했다. 미명이 방을 밝히고 있었다.

시우는 방 문을 열었다.

당황한 리네가 시우를 올려다보았다.

리네는 시우를 불편해 하고 있었다. 시우가 서럽게 울던 모습에 많은 생각이 들었다. 화를 내며 흙을 뿌린 것도 자꾸 떠올라 잠을 설쳤다.

"〈…슈 오빠. 엄마가 밥 먹으래.〉"

리네가 시우와 시선을 마주치지 못하고 어물쩍거렸다. 어제와 다른 리네의 태도에 시우는 고개를 갸웃거렸다. 시우는 아침이라 잠이 덜 깬 거라 판단했다.

잠시 그러고 서있으니 향긋한 냄새가 났다.

"라네?"

수프야?

"〈응. 기억했네?〉"

리네가 살며시 미소 지었다. 그러나 여전히 기운이 없는 미소였다.

시우는 리네의 뒤를 따라 거실로 향했다. 식탁에선 라이나와 체실이 기다리고 있었다. 해가 뜨기 시작했지만 아직 많이 어두워 촛불을 켜놓은 것이 보였다.

대장간은 아침 일찍부터 가동되기 때문에 체실의 출근이 빨랐다. 그 덕에 리네 일가의 아침도 빨라질 수밖에 없었다.

시우는 식탁에 앉았다. 아침 식단은 수프와 스크램블 에그, 그리고 샐러드였다.

스크램블 에그는 간이 되지 않았는지 시우의 입에는 맞지 않았다. 조금 비리고 싱거웠다. 샐러드는 풋내가 심했다.

리네가 스크램블 에그를 가리키며 뭐라고 말했지만 따라만 할 뿐 기억에 담아두지 않았다. 가장 먼저 식사를 마친 시우는 아이템창에서 육포를 꺼내 답례했다.

시우에게서 육포를 받아든 리네 일가의 반응은 그다지 좋지 않았다. 육포는 장기보관을 위해 건조시킨 고기다. 만들기에 따라서 맛이 좋은 경우도 있지만 일반적으로 퍽퍽하고 맛이 없다. 가정에서 직접 만든 음식만은 못한 것이 당연했다.

그러나 이내 맛을 본 체실이 눈을 동그랗게 뜨며 흥분했다. 그런 체실의 반응에 라이나와 리네도 맛을 보고는 좋아했다.

그들의 반응에 시우도 흐뭇해졌다.

식사를 마친 체실이 출근하고 라이나는 바구니에 몇몇 옷가지와 그릇을 담아 집을 나갔다. 이곳에는 수도시설이 없었다. 그릇을 닦으려면 가까운 개울로 나가야했다.

리네마저 마당에 나가 몸을 단련하기 시작했다. 시우는 할 일이 없었다. 마당에 나와 리네를 구경하기 시작했다.

처음엔 시우를 의식하던 리네도 정신을 집중하며 마당에 세워진 허수아비를 열심히 두드리기 시작했다. 나이에 어울리지 않은 몸놀림이 감탄스러웠다.

리젠을 사용하며 그것을 구경하고 있으니 라이나가 돌아왔다. 옷과 그릇이 담긴 바구니를 머리에 이고 양손에는 물을 길어오고 있었다.

시우는 시키지도 않았는데 빈 통을 들고 라이나를 뒤따랐다. 시우도 같이 쓸 물이었다. 방도 옷도 주었는데 이정도 잡일도 하지 않을 수는 없었다.

물을 전부 길어오자 라이나와 시우를 기다리던 리네가 말했다.

"〈엄마. 슈 오빠도 좀 씻어야 하지 않아요?〉"

아직도 리네는 시우가 불편했지만 따질 건 따져야했다. 리네는 아직도 자신을 놀리던 테이트를 마음에 담아두고 있었다.

리네의 말에 라이나가 물을 데워 시우의 방으로 가져갔다. 시우도 자신에게서 냄새가 난다는 걸 자각하고 있었기 때문에 얼굴을 붉혔다.

게임인데 씻어야 한다는 게 귀찮긴 했지만 어쩔 수가 없었다. 시우는 라이나가 두고 간 천과 비누를 이용해 전신을 닦았다. 일단 씻기 시작하니 욕조에 몸을 담고 싶은 생각이 간절해졌지만 이곳에는 뜨거운 물에 때를 불리는 목욕문화가 없는 것 같았다.

머리를 감고 나니 긴 머리카락이 거추장스러웠다.

"머리카락도 자라는 구나."

정말 게임적인 요소를 배제하고 현실을 디테일하게 구현한 세계였다.

시우가 씻고 나오자 그곳에는 리네가 기다리고 있었다.

본격적으로 시우에게 말을 가르치기 위해서였다.

하지만 어제처럼 리네 자신을 위한 것은 아니었다. 리네는 한참을 생각하고 깨달았다. 가족도 없이 이토록 외진 곳에 와서 말이 통하지도 않는다는 사실이 얼마나 고독한 일인지를.

그리고 자신이라면 견디지 못할지도 모른다고.

그래서 리네는 사과의 의미도 담아서 시우에게 말을 가르치려고 마음을 먹은 것이었다.

시우는 자꾸 말을 가르치려는 리네가 귀찮았지만 일단은 순순히 따르기로 했다. 어차피 할 일도 없었다.

그리고 공부가 지칠 때면 리네는 마당에 나가 몸을 풀었다. 그것을 지켜보던 시우도 괜히 체실강 단검을 꺼내들고 휘둘러보았다. 이름은 단검이지만 실제로는 한손검보다 조금 짧을 뿐 무기로써 부족함이 없었다.

체실강 단검은 시우에게 잘 맞았다. 손에 착착 감기는 감촉에 시우는 만족스러웠다.

그런 시우의 모습에 리네가 관심을 보이며 검을 달라고 했다. 어차피 검은 많았다. 시우는 리네에게 연습용 철검을 건네주었다.

리네는 진검을 받아들고 기뻐했다. 날은 무뎠지만 리네는 진검으로 연습을 하는 것이 처음이었다. 리네가 포스칸 기초 검술을 펼쳤다.

그 광경은 제법 멋있어 시우조차 배우고 싶을 정도였다. 시우가 검술을 따라하며 검을 휘두르자 리네의 표정이 바뀌었다.

시우의 검술은 형편없었지만 근력과 순발력 스탯은 리네의 갑절에 가까웠다. 시우가 그렇게 강할 줄 몰랐던 리네는 호승심을 자극받았다.

리네가 시우에게 다가가 검을 마주 쳤다.

연습을 방해받은 시우는 동작을 멈췄다. 리네는 그 앞에 자세를 취하고 섰다. 시우는 리네의 뜻을 알아차리고 난색을 표했다. 리네가 원력을 사용하면 시우는 리네의 상대가 될 수 없었다. 그러나 리네는 고집이 강했다.

다시 시우의 검을 마주 쳤다.

시우는 어쩔 수 없이 자세를 취했다. 그러자 조금의 여유도 없이 리네가 달려들었다.

리네는 원력을 사용하지 않았다. 어디까지나 검술로 승부를 보려고 했다. 그것을 깨달은 시우의 표정이 밝아졌지만 그것도 잠깐이었다. 리네는 어렸을 때부터 배워온 검술만으로 갑절에 가까운 신체적 능력 차이를 보완하고 있었다.

시우는 깜짝 놀랐지만 내색하지 않았다. 아무리 포스칸이라지만 아직 어린 리네에게 지고 싶지 않았다.

시우의 반격에 리네도 놀랐다. 검술에 형태가 잡히진 않았지만 시우는 결코 서투르지 않았다. 대련 자체는 낯선 경험이었지만 상대를 죽이는 법이라면 수많은 사냥 경험으로 익숙해져 있었다.

리네가 검술로 시우를 몰아치면 시우는 방어에 몰두하다가 위협적인 반격으로 리네를 당황시키곤 했다.

리네와 시우는 한참동안이나 공방을 주고받았다. 서로 싸우는 스타일은 달랐지만 리네와 시우의 실력은 비슷했다.

어느새 리네의 얼굴에 미소가 떠올랐다. 그것을 본 시우도 웃었다.

즐거웠다. 이렇게 신나게 몸을 움직이는 것은 처음인 기분이 들었다.

승부는 시우의 패배로 끝이 나고 말았다. 서로 타격을 주지 못하고 승부가 길어지니 체력이 좋은 리네가 유리했던 것이다.

시우는 울상을 지었다. 대련에 진 것 자체는 별 상관이 없었다. 제법 즐거웠고 만족스럽기까지 했다. 문제는 대련에 사용한 체실강 단검에 흠집이 생겼다는 것이었다. 물론 무기는 사용을 하면 상하기 마련이었지만 시우에겐 익숙하지 않은 일이었다.

시우는 체실강 단검을 집어넣고 입문용 철검을 꺼내 들었다.

시우가 다시 연습을 다시 시작하자 라이나가 다가왔다. 시우의 자세가 너무 엉망이라 보다 못해 나선 것이었다.

라이나는 시우의 자세를 교정해 주었다. 라이나는 천생 여자였지만 또한 포스칸이었다. 그녀도 익시더 못지않은 뛰어난 검술의 실력자였다.

그런 라이나의 모습에 리네가 투덜거렸다. 원래 검술을 훈련할 때 라이나는 리네의 독차지였다. 하지만 라이나는 리네를 달래며 계속해서 시우를 가르쳤다.

실력이 비슷한 호적수는 서로를 성장시키기 마련이었다. 라이나는 그런 시너지 효과로 리네도 성장할 것을 바라면서 시우를 가르쳤다.

그리고 시우는 빠르게 포스칸 기초 검술을 익혔다. 그 뛰어난 재능에 라이나도 감탄할 정도였다.

그것을 지켜보던 리네가 심술을 부리며 공부를 하자고 하는 바람에 연습의 맥이 끊어졌다. 시우는 생각보다 검술이 재미있어 아쉬웠지만 어쩔 수 없었다.

시우는 포스칸의 마을 테트라에서의 생활에 적응하기 시작했다.

✛

시우가 테트라에서 생활을 시작하고 열흘이 지났다. 시우는 그 동안 쳇바퀴 같은 나날을 보냈다.

아침에 일어나면 식사를 하기 전까지 리젠을 사용했다. 리네가 부르면 아침식사를 마치고 라이나를 따라 개울로 나가 물을 길었다. 물을 길어온 뒤에는 리네와 함께 검술과 대련, 언어 공부, 점심식사 전에 검술과 대련, 식사 후에는 언어 공부, 또 검술과 대련, 저녁식사 이후엔 리젠을 하다가 잠이 들었다.

그 결과 시우는 2개의 스킬을 습득할 수 있었다.

헤카테리아 대륙 공용어 Lv.1

숙련도 (53.7%)

설명- (패시브)헤카테리아 대륙에서 사용하는 공용 언어.

포스칸 기초 검술 Lv.2

숙련도 (89.3%)

설명- (패시브)투인=포스칸이 미성년에게 가르치는 검술의 기초.

시우가 처음 검술을 익히기 시작한 이유는 단순한 호기심이었다. 딱히 강해지기 위해서 검술을 배우겠다는 생각은 없었다. 몬스터를 사냥하면서 딱히 검술의 필요성을 느껴본 적은 없었기 때문이었다.

그러나 포스칸 기초 검술과 리네와의 대련을 반복하는 사이 시우는 검술의 습득이 가져오는 효과에 감탄하지 않을 수 없었다.

시우의 검술은 아직 기초 중의 기초 단계였다. 제대로 된 효과를 보려면 졸면서도 검술을 펼칠 정도로 검술이 몸에 익어야 했다. 그럼에도 불구하고 시우는 최근 공격과 방어간의 흐름이 자연스러워지는 것을 확실하게 느끼고 있었다.

검술의 베고 찌르는 동작을 반복하는 사이 시우는 무의식의 수준으로 리네의 공격에 반응할 수 있게 되었던 것이다.

  그것을 깨닫게 된 시우는 열성을 다해 포스칸 기초 검술을 연마했다.

  시간은 빠르게 흘렀다. 단풍이 지고 흰 눈이 내렸다.

  간단한 대화가 가능하게 된 이후로 시우는 이런저런 잡다한 일을 시작했다. 물론 검술 연마와 대련, 언어 공부는 빼먹지 않았다. 그러다보니 시우의 하루는 무척 바쁘게 흘러갔다.

  검술을 배우는 것도 즐거웠고 스스로 일을 해 돈을 버는 것도 보람 있는 일이었다.

  그러나 그렇게 돈을 벌고 나니 무기를 사고 싶은 생각은 사라지고 없었다. 시우도 이제는 체실이 왜 단검을 선물했는지 이해하고 있었다.

  시우는 그동안, 그리고 앞으로 신세를 질 것에 대해 값을 지불하고 싶었지만 체실과 라이나는 받아주지 않았다. 체실은 최근 시우의 아이템을 연구하고 있었다. 체실은 그것만으로 충분하다고 했지만 시우는 그게 헛수고라는 것을 아는 만큼 마음이 불편했다.

  그것을 본 리네가 농담이랍시고 말을 배우면서 자신의

몫은 없냐고 소리쳤다. 시우는 피식 웃음을 터트렸다. 입은 웃는데 왠지 눈시울이 뜨거워졌다.

그리고 눈이 녹았다.

시우가 테트라 마을에 온 지도 벌써 반년이 지났다.

길게 자란 흑발을 끈으로 묶어 정리하고 밖으로 나왔다.

시우는 눈이 녹기 전에 현실의 몸이 죽을 거라 생각했었다. 그러나 시우는 죽지 않았다.

시우는 돋아난 새싹을 바라보며 상념에 잠겼다.

어찌된 영문일까? 시우는 분명 불치병에 걸렸다. 원래라면 한참 전에 죽어도 이상하지 않을 병이었다.

시우는 어머니가 했던 말이 떠올랐다. 시우가 걸린 불치병에 대한 연구에 진척이 있었다며 치료 가능성이 보인다고 했었다. 시우는 그것이 선의의 거짓말이란 걸 알고 있었다.

그러나 아직까지 죽지 않고 살아 있다는 건 거짓말이 아니었다는 것일까?

시우는 알 수 없었다. 만약 그것이 사실이라면 왜 아직까지 시스템이 복구되지 않는지 이해할 수 없었다.

"슈 오빠."

리네의 목소리에 시우는 뒤를 돌아보았다. 리네는 어쩐지 불안한 표정이었다.

"왜?"

"어디 가려고?"

시우는 잠시 입을 다물었다. 리네의 표정이 점점 굳어지는 것이 보였다.

"아니, 아무데도 안 가."

대답 직후 깊은 숨을 내뱉었다. 하얀 숨결이 허공으로 흩어졌다.

시우는 대답했지만 리네는 여전히 불안한 표정이었다. 아마 시우가 느끼는 불안을 리네도 느끼는 모양이었다.

리네를 위해서라도 기분을 전환할 필요가 있었다. 시우는 피식 웃음을 터트렸다. 가식적인 웃음이었지만 그래도 웃음이었다. 가라앉았던 기분이 조금씩 들뜨기 시작했다.

"대련이라도 할까?"

왠지 몸을 움직이고 싶은 기분이었다.

"그럼 오늘은 공터로 나가자."

리네의 대답에 시우는 잠시 고민했다. 시우는 하루도 거르지 않고 검술을 연마했지만 공터에 나가본 적은 없었다. 공터에는 리네 또래의 아이들이 대련을 하기 위해 모이는 장소였다. 또 시우가 이곳에 온 첫날 좋지 않은 기억을 만든 곳이기도 했다.

시우가 주저하자 리네의 표정이 어두워졌다. 시우는 뜨끔해져 대답했다.

"알았어."

리네의 표정이 밝아졌다.

공터에는 많은 아이들이 나와 있었다. 다들 열기가 대단했다. 몇몇 사내아이들은 웃통을 벗고 있었는데 그러고도 땀방울이 송골송골 맺혀있었다.

리네와 시우를 발견한 아이들이 쑥덕거리기 시작했다.

작년 가을 테이트와 다툰 후 리네도 공터엔 처음 찾아오는 것이었다. 검술 연마는 엄마의 도움을 받고 대련 상대는 시우도 있어 부족함은 없었다. 오늘 공터에 가자고 한 것은 변덕이었지만 쑥덕이는 아이들을 보니 리네는 괜히 왔다 싶었다.

"미안해."

리네가 시우에게 사과했다.

시우는 괜히 울컥했지만 무심한 듯 되물었다.

"뭐가? 뭐 잘못했어?"

시우는 주변 시선에도 불구하고 태연하게 검술을 연마하기 시작했다.

아직 아는 단어가 적어 말이 부족했지만 리네는 그 무뚝

뚝한 모습에 위로 받았다. 리네는 시우의 옆으로 가서 똑같이 검을 휘둘렀다.

대련을 하던 아이들도 휘두르던 무기를 거두고 시우와 리네를 구경하러 모여들었다. 그 중 몇몇이 시우의 실력에 감탄했다. 그냥 어린 인간인줄만 알았던 시우의 실력이 심상치 않았다.

시우가 검술을 익힌 기간은 고작 반년에 불과하지만 포스칸 기초 검술은 거의 통달했다고 해도 과언이 아니었다. 그것은 어려서부터 검술을 익혀온 리네 또래의 포스칸들 중에서도 두각을 나타내는 실력이었다.

아이들의 반응을 살핀 리네도 괜히 기분이 좋아져 열심히 검술을 펼쳤다. 지난 반년사이 리네도 많은 발전이 있었다. 시우의 성장은 매우 빨랐다. 거기에 질 수 없었던 리네도 시우가 일을 나가 없을 때면 검을 휘두르며 발맞춰 성장했던 것이다.

"리네? 네가 여긴 무슨 일이지?"

시우와 리네를 구경하던 아이들 사이에서 누군가 말을 걸어왔다.

테이트였다.

"…꼭 일이 있어야 오는 곳은 아니잖아."

"그야 그렇지만……."

테이트의 시선이 시우에게 향했다.

"노예랑 놀아나느라 바빴던 거 아니었어?"

시우는 검을 멈추고 테이트를 쳐다봤다. 대략 15살쯤 되었을까? 아직 머리에 피도 안 마른 놈이 못하는 말이 없었다.

시우는 반년 전의 기억이 떠올랐다. 그 놈이었다. 반년 전 리네를 울렸던 바로 그 놈. 그때는 알아듣지 못했지만 지금은 알 수 있었다. 반년 전에도 저따위로 말했을 거라고 생각하니 기분이 더러워졌다.

시우는 리젠을 사용하면서 흥분을 가라앉혔다. 시우도 이제는 안다. 이곳은 포스칸들의 마을이었고 시우는 이방인이었다. 짜증난다고 기분 나는 대로 행동할 수는 없었다.

"내가 말했지. 체슈 오빠는 노예가 아니라고."

리네가 테이트를 노려보며 말했다. 위협적인 목소리에 테이트는 놀란 표정이었다. 하지만 그것도 잠시일 뿐이었다. 테이트는 다시 빈정거렸다.

"와, 체슈 오빠라고? 노예랑 놀아나더니 떨어질 데까지 떨어졌구나, 너?"

리네는 다시 검을 들어 자세를 잡았다. 검술 연습을 재개했다.

"마음대로 떠들어. 그래봐야 약한 놈한테 귀 기울일 포스칸은 아무도 없으니까."

리네의 도발에 테이트의 얼굴이 찌그러졌다. 킥킥거리며 비웃는 소리가 들려왔다. 테이트는 순간 이성을 잃을 뻔했지만 간신히 참아냈다. 이런 것은 테이트의 스타일이 아니었다.

테이트는 감정을 추스르고 고간을 붙잡았다.

"노예 놈 물건이 질리면 언제든 찾아와. 발가벗고 부탁하면 놀아줄 테니까."

리네의 인내심은 거기까지였다. 더 이상의 굴욕은 참을 수가 없었다.

눈을 부라리며 쳐다보는 리네의 모습에 테이트는 내심 환호했다. 이것이 바로 테이트의 스타일이었다. 상대를 도발해 흥분시키면 상대는 반드시 빈틈을 보이게 된다. 테이트는 이 방법으로 많은 라이벌들을 물리쳐왔다.

그러나 리네는 시우의 손에 잡혀 뜻을 이룰 수가 없었다.

"오빠, 이거 놔!"

시우는 더 단단히 붙잡았다.

"아니, 내가 할게. 넌 흥분을 좀 가라앉혀."

리네는 시우와 눈을 마주치고 물을 끼얹은 듯 분노가 식어버렸다. 시우가 화났다. 리네는 시우와 함께한 지난 반 년동안 그가 화내는 것을 한 번도 본 적이 없었다.

테이트는 상황이 뜻대로 되지 않자 눈살을 찌푸렸다.

"네가 날 상대하겠다고? 고작 인간 따위가?"

시우는 대꾸하지 않았다. 다만 체실강 단검을 들며 입을 열었다.

"닥치고 덤벼."

테이트는 주변을 둘러보았다. 보는 시선이 많았다. 여기서 물러서면 체면이 서지 않았다. 게다가 상대는 인간이었다. 인간이 포스칸을 이길 거라는 생각은 들지 않았다.

테이트는 검술을 연습하는 시우를 보지 못했다.

테이트는 아버지가 사다 주신 체실강 양손검을 힘껏 휘둘렀다. 선천적으로 타고난 포스칸의 괴력과 민첩한 몸놀림에서 터져 나온 강력한 일격이었다.

그러나 시우에게 통할 공격은 아니었다.

시우는 단검으로 양손검을 받아넘기고 재빠르게 품속으로 파고들어 검을 겨눴다. 시우의 단검은 정확히 테이트의 고간을 노리고 있었다.

"으앗!"

기겁한 테이트가 뒤로 자빠졌다. 시우는 그런 테이트를 차가운 눈빛으로 내려다봤다.

"이, 이건 무효야! 거기를 노리다니 치사하다고!"

되도 않는 변명이었다. 어디를 노리든 지금의 승부는 시우의 완벽한 승리였다. 그러나 시우에겐 놈을 말릴 생각이 없었다. 아직 시우는 분을 풀지 못했다.

"일어나."

시우의 목소리는 싸늘했다. 테이트가 저도 모르게 몸을 떨었다. 그것을 깨달은 테이트는 자리를 박차고 일어났다.

일어나자마자 검을 추켜세우는 테이트의 모습에 시우는 자세를 낮추며 발을 휘둘렀다.

터억!

그 발에 걸린 테이트는 다시 한 번 꼴사납게 바닥을 굴렀다.

"일어나."

테이트는 다시 일어났다. 다친 곳은 없었다. 단지 넘어졌을 뿐이었다. 그러나 그의 자존심은 크게 상처를 입은 상태였다.

"이런 코리 같은 새끼가!"

그렇게 당하고도 테이트는 아직도 정신을 못 차리고 있었다. 흥분을 한 덕분에 동작이 커지자 시우는 한결 수월하게 테이트를 공격하기 시작했다.

첫 공격을 받아넘기고 다가가 옆구리를 손잡이 뒷부분으로 가격했다. 온 힘을 다한 그 공격에 테이트가 주춤거렸다. 하지만 테이트는 다시 양손검을 휘둘렀다.

시우는 검을 마주치지도 않고 피해내며 마찬가지 방법으로 테이트의 무릎을 때렸다.

빠각!

뼈가 박살나는 소리와 함께 테이트가 무릎을 꿇었다. 그러나 포스칸의 치유력은 부러진 뼈도 순식간에 회복시켰다.

앉은 자리에서 테이트가 공격을 시도하자 시우는 그것을 뛰어넘어 피한 후 테이트의 머리를 내려찍었다.

퍼억!

"악!"

이마를 타고 피가 흘렀다.

일방적이었다. 단지 육체적 이점으로 몰아붙이는 검술은 시우의 상대가 될 수 없었다.

시우가 다시 말했다.

"일어나."

테이트의 눈앞이 핑 돌았다. 더 이상 아무 생각도 나지 않았다. 테이트는 눈앞의 인간을 죽여 버리고 싶었다.

그 순간 테이트의 전신에서 붉은빛의 아우라가 터져 나왔다.

원력이었다.

시우는 깜짝 놀라 왼손으로 귀중한 한손검을 꺼내들었다.

까아앙!

시우의 몸이 허공에 떠올라 튕겨나갔다.

미리 원력에 대비하고 있지 않았더라면 죽을 뻔했다.

시우는 서둘러 일어났다. 전신이 산산조각이 난 기분이었다. 다음 공격에 대비해 귀중한 한손검을 들어 올리려고 했지만 통증만이 느껴졌다.

내려다보니 왼손이 덜렁거리고 있었다. 힘이 들어가지 않는 왼손에서 귀중한 한손검이 떨어져 내리는 걸 확인하고 테이트를 노려보았다.

테이트가 원력을 사용하더라도 파괴불가 오브젝트인 귀중한 한손검을 쓴다면 충분히 상대가 가능할 거라 생각했다. 하지만 결과는 단지 공격을 막은 것만으로 팔이 부러지고 말았다.

시우가 식은땀을 흘리는 사이 리네도 아우라를 일으켰다. 리네의 전신이 푸르게 불타오르며 보이지 않던 문신이 빛나기 시작했다.

"테이트! 너 제정신이야? 대련 중에 원력을 사용하는 건 규율로 금지되어 있잖아!"

리네의 고함에 테이트도 정신을 차렸다. 하지만 이제 와서 아우라를 거둘 생각은 없었다.

"그건 포스칸끼리 대련할 때의 이야기잖아. 그리고 이건 저 검은 머리와 나의 대련이야. 너는 끼어들 생각하지 말라고."

"이게 어딜 봐서 대련이라는 거야! 너 방금 체슈 오빠를 죽이려고 했잖아!"

리네의 말이 옳았다. 그가 원력을 사용한 시점에서 이건 더 이상 대련이 아니었다. 그러나 시우는 리네를 만류했다.

"나 아직 안 죽었어."

시우의 왼팔은 어느새 회복되어 있었다. 테이트와 리네가 말다툼을 하는 사이 회복 포션을 마신 덕분이었다.

"하지만 오빠!"

"닥쳐, 리네! 놈이 괜찮다고 말하잖아? 대련에 끼어들지 말라고!"

테이트가 음흉하게 웃었다. 절호의 기회였다. 상대가 괜찮다고 말한 이상 이것은 대련이었다. 대련 중에 다친 것으로는 책임을 물을 수 없을 것이다.

시우는 왼손에는 귀중한 한손검을, 오른손에는 체실강 단검을 들고 자세를 취했다.

원력의 무시무시한 위력에 가슴이 떨렸다. 시우는 버릇처럼 리젠을 사용했다. 호흡을 타고 들어온 공기가 몸을 뜨겁게 달구는 기분이 들었다. 그러나 머리만은 맑아졌다.

그 순간 테이트가 달려들었다. 리젠으로 모든 감각이 최고조로 예민해진 지금, 시우는 테이트의 움직임을 포착할 수 있었다.

시우는 함성을 질렀다.

"[테이트!]"

테이트의 아우라가 순간 바람 앞의 등불처럼 흔들렸다. 시우는 그것을 놓치지 않았다. 위력이 약해진 테이트의 양손검을 거스르지 않고 왼손으로 받아넘겼다. 그 관성을 이용해 회전한 시우는 오른손으로 테이트의 옆구리를 베었다.

띠링!

[함성의 스킬 레벨이 상승합니다.]

[Max 레벨에 도달한 함성 스킬이 기합 스킬로 진화합니다.]

시스템이 뭔가를 알려왔지만 시우는 그것을 일일이 확인할 여유가 없었다. 테이트의 옆구리를 베었지만 녀석은 아직 건재했다.

무엇보다도 시우는 지금 이상한 감각을 느끼면서 혼란에 빠져있었다.

마력이 느껴졌다.

지금까지는 남은 마력을 확인하기 위해서 오른쪽 눈을 가려야만 했다. 하지만 지금 시우는 양손에 검을 들고도 자신에게 마력이 얼마나 남아있는지, 함성 스킬로 마력을 얼마나 사용했는지 정확하게 느낄 수 있었다.

요령은 리젠이었다.

얼마 전부터 시우는 리젠을 사용할 때마다 온 몸을 뜨겁게 달구는 기묘한 감각을 느낄 수 있었다. 시우는 예의 해킹으로 인한 변화 중 하나라 생각하고 대수롭게 생각하지 않았었다.

그러나 지금 시우는 직감적으로 그것이 마력이라는 것을 깨달을 수 있었다.

시우가 혼란에 빠진 사이 테이트는 회복을 마쳤다.

시우는 붉게 타오르는 양손검이 시야에 들어오자 자신도 모르게 20레벨제한 스킬인 폭염검을 사용했다. 마력을 소모해 검에 폭발력을 싣는 스킬이었다. 그러나 폭염검으로 원력이 실린 테이트의 양손검을 상대할 수 있을 리가 없었다.

시우는 본능에 따라 검으로 마력을 밀어 넣었다. 체내에서 방대한 양의 마력이 빠져나갔다.

콰과과광!

챙그랑!

[체실강 단검의 내구력이 고갈되어 파괴됩니다.]

폭발에 휘말린 시우는 전신이 너덜너덜해지고 말았다. 그러나 그것은 테이트도 마찬가지였다. 물론 포스칸의 치유력이라면 금방 회복할 테지만 시우에게도 회복 포션이 있었다.

시우는 간신히 포션을 꺼내 마셨다.

시우는 다시 리젠을 사용하며 남은 마력량을 확인했다.

너무 급한 나머지 지금의 공격으로 모든 마력의 반을 소모하고 말았다.

그러나 주저할 여유는 없었다. 어느새 상처를 모두 회복한 테이트가 몸을 일으키고 있었다.

시우는 왼손의 귀중한 한손검을 오른손으로 옮겨 잡으며 스킬을 준비했다.

절삭력을 가진 바람의 칼날을 쏘아 보내는 40레벨제한 검사스킬 [질풍 칼날]. 시우는 거기에 남아있는 모든 마력을 담았다.

시우의 검이 무의식적으로 포스칸 기초 검술을 펼쳤다.

검 끝에서 푸르게 빛나는 초승달 모양의 검격이 테이트를 노리고 날아갔다.

스걱! 서걱!

"아악!"

테이트의 양손목과 허벅다리가 잘려나갔다.

띠링!

[포스칸 기초 검술의 스킬 레벨이 상승합니다.]

[포스칸 기초 검술이 Max 레벨에 도달하셨습니다.]

마력을 전부 소모한 시우는 정신이 몽롱해져 제대로 설수가 없었다.

띠링!

[급격한 마력의 저하로 인해 기절상태에 빠집니다.]

눈이 하얗게 멀었다.

시우는 강렬한 현기증을 느끼며 정신을 잃고 쓰러졌다.

✤

시우가 정신을 차린 것은 깊은 한밤중의 일이었다.

리네가 울며 고함치는 소리가 들려왔다.

뭐가 저렇게 분한 걸까.

시우는 궁금했지만 너무 피곤했다.

무거운 눈꺼풀을 못 이기고 시우는 다시 잠들고 말았다.

시우가 다시 깨어난 것은 태양이 중천에 떠오른 한낮이었다.

먼저 몸 상태부터 확인했다.

이름-최시우

레벨-41

종족-인간

칭호-카스탄 슬레이어

[칭호 효과- 기합 스킬이 강화됩니다.]

생명력 (152/152)

마력 (0/2136)
원력 (?/?)

근력 : 52
순발력 : 106
체력 : 57
정신력 : 10

남은 스탯 포인트 : 0
상세정보……

마력이 전부 고갈 난 상태였지만 몸에는 아무런 이상이
없었다.

시우는 리젠으로 마력부터 회복했다.

마력량이 워낙 많은 탓에 모두 회복하는 것에만 30분이
넘게 걸렸다.

시우는 30분마저도 짧게 느껴졌다. 평소 리젠을 할 때
는 아무런 생각도 없었지만 지금은 전신을 달구는 느낌이
마력임을 알 수 있었다.

호흡을 통해 들어온 마력은 몸속에서 소용돌이 치고 있
었다.

시우는 눈을 뜨고 마력을 손바닥으로 방출해 보았다.

따단!

[업적 달성! 최시우님은 마르지 않는 탐구심으로 마법의 기초를 익히는데 성공하셨습니다.]

[칭호 = 탐구자가 주어집니다.]

칭호-탐구자

[칭호 효과- 정신력+3]

시우는 눈살을 찌푸렸다.

마법의 기초라니? 레벨제한에 걸려 사용만 못할 뿐 시우는 배울 수 있는 모든 마법을 마스터했다.

시우는 신경을 끄고 칭호를 카스탄 슬레이어로 되돌렸다. 이번 전투에서 시우는 [기합] 스킬의 위력을 톡톡히 보았다. 어떤 기능이 있는지도 모를 정신력 스탯을 3 올리느니 기합 스킬을 강화하는 것이 더 좋다는 판단이 들었다.

대충 신변을 정리하니 시우는 걱정이 들었다.

상대가 원력을 동원했다지만 손과 발을 잘라버렸으니 그냥 넘어가긴 힘들 거란 생각이 들었다.

물론 포스칸의 치유력은 카스탄과 비교될 정도다 보니 손과 발은 다시 붙었을 것이다.

아니나 다를까 문을 열고 나오니 리네 일가가 암울한 표정으로 탁자에 둘러 앉아 있었다.

"아, 깼구나."

시우를 가장 먼저 발견한 라이나가 싱긋 웃었다. 미소에 힘이 없었다.

리네가 라이나의 말에 화들짝 놀라 시우를 돌아봤다. 눈가가 빨간 것이 방금 전까지 울고 있던 모양이었다.

시우는 팔짱을 끼고 얼굴을 찌푸린 채 앉아있는 체실을 발견하고 한숨을 쉬었다.

체실은 테트라 마을의 제일 대장장이었다. 대장간에서 일을 하고 있어야할 그가 여기에 있다는 것은 일이 잘 풀리지 않았음을 뜻했다.

시우는 허리를 깊게 숙였다.

"죄송합니다."

그에 리네가 소리쳤다.

"뭐가! 오빠가 잘못한 건 아무것도 없어! 그 멍청이가 원력을 쓰는 바람에 오빠는 그걸 막으려고 최선을 다했을 뿐이잖아!"

화가 난 듯 소리치는 음성에 울음이 묻어나고 있었다.

"리네."

결국 눈을 뜬 체실이 리네를 만류했다. 리네는 울먹이며 눈물을 글썽였다.

"우리도 다 알아. 하지만 장로님의 명령이다."

리네는 결국 고개를 숙이고 눈물을 떨어트렸다.

체실도 울음을 그치지 못하는 리네의 모습에 마음이 아팠지만 이것만은 어쩔 수가 없었다.

시우가 물었다.

"테이트는 어떻게 되었습니까?"

"걱정은 말거라. 구경하던 아이들이 많아 조치는 늦지 않았다. 절단면이 깔끔해서 금방 붙었다더구나."

"다행입니다."

시우는 진정 그렇게 생각했다. 만약 그가 죽었다거나 불구가 되었다면 시우의 처벌은 더 무거워졌을 테니까.

체실이 무거운 한숨을 내쉬었다.

"오늘 아침에 장로님의 명령이 떨어졌다. 시우 너를 테트라에서 방출하라더구나."

시우는 놀라지 않았다.

물론 아쉽기야 했다. 아쉽지 않다면 거짓말이었다. 시우도 리네와 그 가족들에게 많은 정이 쌓였다.

그러나 지난 반년, 시우는 이곳에서 철저한 이방인이었다. 언젠가는 이곳을 떠나야 한다는 걸 알고 있었다.

물론 그 전에 현실의 몸이 죽지 않는다면의 이야기였지만 시우는 아직 죽지 않았다.

시우의 고개가 떨어졌다.

"뭐라고 좀 말해봐."

리네의 말에 시우는 고개를 들었다.

"오빠도 가기 싫잖아? 가기 싫다고, 오빠가 잘못한 게 아니라고 말하라고!"

"리네."

시우가 조용히 리네를 불렀다. 그리고 시우와 눈을 마주친 리네는 깨달았다. 시우의 마음은 이미 테트라에서 떠났다. 시우는 이곳을 떠날 것이다.

"거짓말쟁이. 아무데도 안 간다면서."

리네가 자리를 박차고 일어나 자신의 방으로 들어갔다.

"제법 냉담하구나."

체실의 말에 시우는 다시 고개를 숙였다.

"저도 이곳이 좋습니다. 라이나 씨의 수프는 맛있었고 체실 씨와 나누는 대화는 즐거웠어요. 리네는 아무것도 모르는 제게 많은 것을 알려주었습니다. 그러나 이곳은 제가 있을 곳이 아닙니다. 지금이 아니더라도 언젠가는 일어날 일이었습니다. 차라리 제 마음이 이곳에 머무르기 전에 이곳을 떠나는 것이 좋을지도 모릅니다."

"말이 많이 늘었구나."

"모두 리네 덕분입니다."

한동안 침묵이 이어졌다.

라이나가 손수건으로 눈물을 닦았다.

시우가 먼저 말을 꺼냈다.

"제 고향에는 이별은 짧을수록 좋다는 말이 있습니다. 저는 이만……."

자리를 일어나는 시우의 말에 체실이 쓰게 웃었다.

"너무 그렇게 서두르지 말거라. 떠나가는 널 위해 급하게 준비한 것이 있으니."

시우가 고개를 갸웃거렸다. 그 때 라이나가 종이로 된 서적 두 개와 지도를 꺼내들었다.

지도는 솔직히 반가웠지만 서적은 무엇인지 알 수 없었다. 그도 그럴 것이 리네에게 말은 배웠지만 아직 글은 배우지 못했기 때문이었다.

"하나는 문자 공부책이고 하나는 내 선물이다. 이 선물은 사람들의 눈에 띄지 않는 곳에서 읽도록 하렴."

시우는 고개를 끄덕이며 책과 지도를 받았다.

그 외에도 라이나는 여러 가지 옷가지와 생필품들을 챙겨주려 했다.

너무 많아 곤란할 정도가 되자 시우는 라이나를 말리며 필요한 물건만 대충 챙겼다.

"나는 이것을 준비했다."

체실이 꺼낸 것은 한 자루 검이었다.

"이번에 테이트와 싸우며 단검이 부러졌다고 들어서 말이지. 네 키도 컸고 하니 제대로 된 검으로 하나 준비했다."

시우는 그것이 가장 반가웠다. 바로 왼쪽 눈을 가리고 아이템의 능력을 확인해보고 싶었지만 그 순간 리네가 나타났다.

리네는 등에 큼지막한 가방을 메고 있었다.

"나도 갈 거야!"

"뭐, 뭐라고? 리네!"

체실이 깜짝 놀라 리네에게 다가갔다.

"말리지 마! 오빠가 마을을 나간다면 나도 나가겠어!"

시우는 얼굴을 쓸어내렸다. 설마하니 이렇게 나올 줄이야.

정말 어쩔 수 없는 말괄량이였다.

라이나와 체실은 리네를 한참이나 설득해야 했다.

아무리 포스칸이라도 바깥은 위험하다. 아니, 포스칸이기 때문에 더 위험하다. 그런 탓에 포스칸들은 성인이 되기 전에 마을을 떠나지 못하도록 규율을 정해놓았다.

그것을 언급하는 라이나와 체실의 말에 리네는 짐가방을 내팽개쳤다. 리네라고 규율을 몰랐던 것은 아니었다. 그저 이대로 시우를 떠나보낼 수 없는 마음에 억지를 부렸다.

리네의 시선이 탁자 위의 검에 닿았다.

"아빠 그거 설마 세실강이야?"

체실이 머뭇거리며 고개를 끄덕였다.

"그럼 내가 할래."

체실은 주저했지만 다시 고개를 끄덕였다.

세실강(Sesil鋼)은 포스칸 제일의 금속이었다. 인간들은 포스칸을 투인이라 부르며 그들의 전투능력을 두려워한다. 하지만 사실 포스칸이 지닌 가장 뛰어난 능력은 합금 제조 능력이었다.

오로지 포스칸만이 제조 가능하며 포스칸만이 단련할 수 있는 금속 세실강. 그것은 세실이라는 이름의 선조가 만들어 남긴 유산이었다.

그 후로 마을의 제일 대장장이는 스스로 만들어낸 새로운 합금에 자신의 이름을 붙여 유산으로 남기는 풍습이 생겨났다. 포스칸들은 인간들이 따라할 수 없는 수많은 합금들을 만들었지만 아직까지 세실강을 따라오는 합금은 만들어지지 않았다.

리네는 세실강 한손검을 들어 원력을 끌어올렸다. 전신에 푸른빛 아우라가 뿜어져 나오며 문신이 새겨지자 리네는 원력을 세실강 한손검에 밀어 넣기 시작했다.

그러자 놀랍게도 세실강 한손검의 칼날에 리네의 문신을 닮은 문양이 새겨지기 시작했다. 힘든 작업이었는지 리네가 구슬땀을 흘리며 숨을 헐떡였다.

"자, 받아. 이제부터 이 검이 나라고 생각해. 그리고 절대로 잊지 마."

리네의 눈빛은 사나웠다.

시우는 쓰게 웃으며 대답했다.

"절대 못 잊어. 소중히 쓸게."

시우가 세실강 한손검을 아이템창에 넣으려 하자 체실이 말했다.

"잠깐 기다려. 너는 세상을 너무 모르는구나. 바깥에 나가려거든 적당히 과시하는 법도 알아야지. 적어도 이 검만은 허리에 차고 다니도록 하거라. 힘이 있어도 겉으로 보이는 게 다르면 코리가 몰려드는 법이란다."

시우는 고개를 끄덕였다.

검을 든다고 코리가 안 오는 건 아닐 텐데 싶었지만 아마도 비유인 모양이었다.

시우는 체실이 건네준 칼집을 허리에 달고 세실강 한손검을 꽂았다. 칼집을 차는 것은 처음인지라 어딘지 불편했지만 마음만은 든든했다.

시우는 냉정하게 등을 돌려 집을, 테트라 마을을 나섰다.

'마음은 주지 않았다고 생각했는데.'

가슴이 이토록 찢어지는 걸 보면 시우의 마음은 테트라 마을에 남아있는 모양이었다.

"언제라도 좋으니 돌아와! 만약 안 돌아오면 내가 찾아나설 거니까!"

리네가 외쳤지만 돌아보지 않았다.

돌아보면 이곳을 떠날 수 없을 것만 같았다.

Respawn

NEO FUSION FANTASY STORY & ADVENTURE

6장.
마법사

6장.
마법사

리스폰

시우는 마냥 걸었다.

태양을 지표삼아 북쪽으로 걸었다. 도중에 지도를 꺼
내 확인해보니 테트라의 북쪽으로 제법 큰 도시가 있다
는 걸 알 수 있었다. 아직 글을 못 읽어 뭐라고 불리는 마
을인지는 알 수 없었지만 시우는 그곳을 목적지로 삼기
로 했다.

서두를 필요는 없었다. 시우는 내친김에 걸으면서 글공
부를 하기로 했다.

라이나가 주었던 2개의 서적을 꺼내들었다.

시우는 갑자기 라이나의 선물이라던 서적이 무엇인지
궁금해졌다.

왼쪽 눈을 가렸다.

포스칸 상급 검술

내구력 (16/17)

설명- 뛰어난 실력으로서 전사의 칭호를 손에 넣은 포스칸 전사만이 배울 수 있는 포스칸 비전의 검술 서적.

시우는 씁쓸하게 웃었다. 든든한 선물이었다. 자신을 생각해주는 라이나의 마음이 아프도록 느껴졌다.

책을 펼쳐보니 자세를 취한 그림과 함께 제법 많은 문자가 새겨져 있었다. 그림만 보면 흉내는 낼 수 있을지 모르나 제대로 익히려면 일단 글부터 공부해야 했다.

시우는 포스칸 상급 검술 서적을 아이템창에 돌려놓고 글공부 책을 펼쳤다. 글공부 책도 제법 많은 비중이 그림으로 되어 있었다. 그림 밑에 단어가 적혀있어 쉽게 이해할 수 있는 구조였다.

급할 때는 이 책을 참조해서 글을 읽을 수도 있을 거란 생각이 들었다.

시우는 당장에 지도와 책을 번갈아 보면서 애초 목적지로 삼은 마을의 이름부터 확인했다.

"제페스."

편법을 사용하긴 했지만 시우가 처음으로 이곳의 글자

를 읽는 순간이었다. 시우는 괜히 뿌듯해져 제페스라는 이름을 되뇌었다.

시우는 글공부에 빠져 계속해서 걸었다. 아직 테트라와 가까운 지역이라 그런지 몬스터는 나오지 않았다.

정신을 차리고 보니 달 두 개가 시우를 내려다보고 있었다.

죽음을 상징하는 붉은 달, 베헬라.

탄생을 상징하는 푸른 달, 세일라.

시우는 세계수의 가지를 꺼내 모닥불을 피웠다. 불빛을 발견한 코리가 접근할 수도 있었지만 시우는 걱정하지 않았다.

육포를 씹으며 자리를 잡고 누웠다. 내일은 토끼라도 잡아서 수프를 끓여먹자고 생각했다.

시우는 리젠을 사용하다가 잠이 들었다.

둘째 날부터는 간혹 코리가 등장하기 시작했다.

시우의 레벨은 41. 코리는 평균 7의 레벨을 가지고 있어 사냥을 해봐야 경험치도 얼마 주지 않을 것이 분명했다.

시우는 코리가 보이면 기합 스킬로 놈들을 쫓아냈다. 시우의 포효에 겁을 먹은 코리들은 나무에서 떨어질 정도로 허둥대며 도망치기 바빴다.

나름대로 재미있는 광경이었다.

시우는 어제 계획했던 대로 연노궁으로 토끼를 쏘아 수프를 끓여먹었다.

개울을 찾을 수가 없어서 물보라를 일으키는 마법의 소모 마력을 줄여 물줄기를 만들어내야 했다.

토끼의 가죽을 벗기고 해체하는 작업은 라이나의 요리를 도우며 몇 번 해봤기 때문에 문제없이 진행할 수 있었다.

만들고 보니 수프라기보단 기름이 둥둥 뜬 고깃국처럼 되었다. 좀 더 천천히 육수를 우려내야 했는데 너무 성급하게 요리한 탓이었다.

문제는 그뿐이 아니었다. 맛을 보니 너무 비려서 먹기가 괴로웠다.

라이나가 챙겨준 식재료를 살펴보았다. 뭐가 뭔지 알 수 없었지만 왼쪽 눈을 가리니 원하는 것을 찾아낼 수 있었다.

셀파신 가루

설명- 허브의 일종. 비린내를 없애는데 사용된다. 주로 바싹 말린 후 곱게 갈아 사용하지만 싱싱한 셀파신은 생으로 사용해도 좋다.

시우는 그것을 뿌리고 조금 더 육수를 우려냈다. 그 외에도 라이나가 챙겨준 몇몇 식재료를 첨가하니 겉모양만큼은 그럴듯해졌다.

요리를 해본 것은 처음이었다.

라이나의 수프와 비교하면 많이 뒤떨어지는 맛이었지만 스스로 만들어서 그런지 만족스러운 식사였다.

식사를 마친 시우는 다시 걸음을 옮겼다.

글공부에 몰두한 시우의 걸음은 느려질 수밖에 없었다.

✢

도시 제페스를 향해 마냥 북쪽으로 걸음을 옮기기 시작한 지 5일째 되는 날의 밤이었다.

시우는 토끼를 사냥하는 것도 귀찮아져 끓는 물에 육포를 넣어 고깃국을 해 먹었다. 육포는 삶아 먹어도 맛이 있었다.

모닥불이 아침까지 탈 수 있도록 나뭇가지를 듬뿍 던져넣은 시우는 바닥에 드러누워 리젠을 사용했다. 그러자 오감이 예민해지며 그때까지 느끼지 못했던 것들이 느껴지기 시작했다.

이를테면 풀벌레소리에 묻혀있던 사람의 고함소리나 말의 울음소리와 같은 것들이었다.

시우는 눈을 뜨고 벌떡 일어났다.

사람의 목소리라니. 시우는 반가워서 눈물이 나올 지경이었다.

테트라에서 나온 지 아직 5일밖에 되지 않았지만 시우는 외로움을 타고 있었다.

소리는 먼 곳부터 들려오고 있었다. 시우는 서둘렀다.

스탯 자체가 순발력에 특화된 시우의 몸놀림은 무척 빨랐다. 오래 걸리지 않아 한 무리의 사람들을 발견할 수 있었다. 그러나 그곳에는 사람만 있는 것이 아니었다.

수많은 코리들이 그들을 둘러싸 공격하고 있었다.

시우는 기합부터 지르고 보았다.

"[당장 꺼져 버려!]"

나뭇가지가 바들바들 떨릴 정도로 큰 고함이었다. 겁에 질린 코리들이 일시에 소리의 진원지를 돌아보았다.

대부분의 코리들은 수풀에 가려 시우의 모습을 확인할 수 없었지만 그 기합에 담긴 힘을 느끼지 못할 정도로 둔하지는 않았다.

코리들이 도망치기 시작했다.

시우는 아이템창에서 연노궁을 꺼내들고 도망치지 않는 코리들을 쐈다. 그제야 남은 코리들이 정신을 차리고 도망치기 시작했다. 시우는 굳이 그들을 쫓지 않았다.

시우가 수풀을 헤치고 모습을 드러내자 용병들이 떨리는 다리로 다가와 검과 활을 겨눠왔다. 그러나 그 수가 몇 되지 않았다. 제법 많은 수의 용병이 죽고 또 죽어가고 있었다.

"누, 누구시오!"

용병이 물었다.

시우는 뭐라고 답할지 잠시 고민했다.

"…지나가는 나그네입니다."

스스로 답하면서도 궁색해 얼굴이 붉어졌지만 달리 할 말이 없었다.

"그, 그것보다도 해독이 급하지 않습니까?"

시우의 말에 용병들이 뒤를 돌아보며 발을 동동 굴렀다. 시우의 정체를 알 수 없으니 경계를 풀고 동료를 간호해도 괜찮은지 판단이 서지 않았기 때문이었다.

용병들 중 한 명이 나섰다.

"멍청이들! 저 사람은 우리를 구해준 거라고!"

로브를 입고 있는 여자의 목소리였다.

여자의 사나운 목소리가 터져 나오자 용병들은 주저하다가 무기를 내팽개치고 동료들에게 달라붙었다. 중독된 동료들이 죽어가고 있었다. 더 이상은 지체할 수 없었다.

시우는 그들을 둘러보다가 눈살을 찌푸렸다. 짐꾼 몇이 피를 흐르며 뒹굴고 있는데 아무도 그들에게 해독제를 사용하지 않았다.

시우는 서둘러 해독 포션을 꺼내 그들에게 먹였다. 효과는 즉각적이었다. 상처가 얕은 짐꾼들은 해독 포션을 삼키자마자 벌떡벌떡 자리에서 일어났다.

그것을 지켜보던 상인들이 눈을 크게 떴다. 그들의 품에 있는 해독제도 제법 값이 나가는 상등품이지만 저런 효능은 발휘하지 못한다.

"가, 감사합니다."

짐꾼들이 감사를 표했지만 아직 바닥을 뒹구는 짐꾼들의 수가 많았다. 시우는 바쁘게 움직였다. 그때 한 짐꾼이 시우의 손목을 붙들었다.

"제발 동생을 살려주세요!"

돌아보니 허름한 차림의 짐꾼이 파랗게 질린 얼굴로 떨고 있었다. 그리고 그 품속에는 짐꾼으로 쓰기엔 너무 어린 소년이 안겨있었다.

시우는 즉시 소년을 바닥에 눕히고 해독제를 먹였다. 그러자 소년은 언제 아팠냐는 듯 눈을 말똥말똥 떴다.

"누, 누나?"

소년이 깨어나자 누나라 불린 짐꾼, 소녀는 밝게 웃었다. 그러나 그것도 잠시였다. 소녀는 갑자기 쓰러졌다. 그 모습에 놀라 다가가보니 코리 검사의 검에 등을 크게 베인 것을 알 수 있었다.

해독제를 먹였지만 피를 너무 흘린 뒤였다. 소녀는 여전히 죽어가고 있었다. 시우는 즉시 생명력회복 포션을 꺼내 소녀에게 먹이고 다른 짐꾼들에게로 자리를 옮겼다.

쓰러진 자리에서 벌떡 일어난 소녀는 어리둥절한 표정

을 지었다. 분명 죽었다고 생각했는데 살아있었다. 더 이상 고통이 느껴지지 않았다.

울먹이는 동생이 달려들었다. 소녀는 동생을 품에 안고 주위를 둘러보았다. 머지않은 곳에서 짐꾼들에게 해독제를 먹이는 시우의 모습이 눈에 들어왔다.

방법은 몰랐지만 분명 그의 도움 덕분일 것이다.

소녀는 눈물을 글썽이며 동생을 더욱 세게 끌어안았다.

시우는 일단락이 지어지자 주변을 둘러보았다. 서두른다고 서둘렀는데 이미 많은 짐꾼들이 죽어있었다. 기분이 좋지 않았다.

그제야 멀뚱히 지켜보던 상인들이 시우에게 다가왔다.

감사라도 표하려는 걸까?

만면에 미소가 가득한 그들의 표정에 울컥하는 감정을 느꼈다.

"감사합니다. 덕분에 살았습니다. 존함을 여쭤도 괜찮을까요?"

시우의 겉모습은 꾀죄죄한 소년의 모습이었지만 상인들은 깍듯했다.

시우가 직접 싸우는 모습은 보지 못했으나 정황상 코리를 쫓은 것은 그였다. 또한 그가 가진 재력의 단편도 보았다.

크게 다친 소녀 짐꾼에게 주저 없이 포션을 사용할 정도라면 대단한 재력가일 수도 있다는 계산이 섰다.

그러나 그들의 극진한 태도에도 시우의 싸늘한 눈빛은 풀릴 생각이 없었다.

상인들이 당황하여 다가가던 걸음을 멈췄다.

"너무 그들을 탓하지는 마."

시우의 시선이 돌아갔다. 목소리의 주인은 아까 보았던 로브 입은 여자였다.

"사제인가?"

시우는 그녀의 모습에서 사제 헨리를 떠올렸다. 그도 로브를 입고 있었다.

여자는 피식 웃음을 터트렸다. 비웃는 느낌은 아니었다. 어딘지 모르게 유쾌하다는 느낌의 웃음이었다.

"내 소개를 하지. 나는 사제가 아니야. 탐구자이지. 나를 부르려면 베로카라고 불러줘."

베로카는 그렇게 스스로를 소개했다.

"탐구자?"

시우가 되묻자 베로카가 덧붙였다.

"마법사라고. 설마 몰라서 묻는 거야? 너도 마법사잖아?"

시우의 눈살이 찌푸려졌다.

"어째서 그렇게 생각하지?"

"그야 마법으로 코리들을 쫓았으니까. 그보다 네 이름은 안 알려줄 거야?"

베로카는 기합 스킬을 마법이라고 생각한 모양이었다. 어떻게 보면 크게 틀린 것도 아니었다. 이곳의 기준에서 마력을 사용하는 기술은 모두 마법이라 할 수 있으니까.

시우는 찌푸린 얼굴을 폈다. 기분이 좋지 않아 너무 예민해져 있던 모양이었다.

"체슈다."

시우가 이름을 밝히자 베로카는 의미심장한 미소를 지었다.

"너무 쉽게 밝히는 거 아니야? 마녀에게 이름을 밝히면 저주받는다고?"

시우는 그런 것도 있었나 싶었지만 상관없었다.

"어차피 본명도 아니니까."

"쳇! 놀리는 재미도 없는 꼬맹이군."

아무래도 농담인 모양이었다.

시우는 다시 상인들을 쳐다봤다. 그들은 멀찍이 떨어진 곳에서 시우와 베로카의 대화를 엿듣고 있었다. 아무래도 그들 또한 시우의 정체가 궁금한 모양이었다.

"저들을 탓하지 말라는 게 무슨 뜻이지?"

시우의 질문에 베로카가 답답하다는 듯 한숨을 쉬었다.

"아마 짐꾼들이 죽은 것이 속상한 모양인데, 본명을 숨기는 것도 이상하고 어디 높으신 귀족이라도 되는 거야?"

시우는 귀족이라는 말에 피식 웃어버렸다.

"귀족도 아니고 이름도 굳이 숨긴 것은 아니야. 이곳 사람들은 내 이름을 발음하기 어려워하기에 가명을 쓰고 있을 뿐이지."

베로카는 새삼 시우를 위아래로 훑어보고 고개를 주억거렸다. 확실히 듣도 보도 못한 독특한 모습이었다. 아마 알려지지 않은 작은 섬나라 이민족이거나 무척 먼 곳에서 왔을 수도 있다는 생각이 들었다.

베로카는 어쩔 수 없다는 듯 설명했다.

"잘 들어. 저들은 상인이야. 모든 행동이 이해타산으로 움직이지. 그런 그들에게 아무런 연고도 없는 짐꾼들은 죽어도 그만이라는 거지. 특히나 품삯을 일이 끝난 후에 지불하기로 했다면 오히려 죽어주는 쪽이 삯을 지불하지 않아도 되니 좋다는 뜻이야. 그렇게 따지면 저들은 그나마 나은 편이지. 만약 저들이 악덕상인이었다면 짐꾼들을 살렸다고 너에게 따지고 들었을 걸?"

베로카의 설명에 시우의 표정이 묘해졌다. 설마 정말 그럴까 싶은 생각에 상인들을 돌아보니 몇몇이 움찔하고 몸을 떨었다. 안 그래도 그와 비슷한 생각을 하던 상인이 몇 있던 모양이었다.

왜인지 입맛이 썼다. 더 이상 화를 낼 기분도 들지 않았다. 일단 구할 수 있다는 생각에 짐꾼들을 살리고 보았지만 사실 상인들이 짐꾼들을 죽이든 살리든 시우와는 상관이 없었다.

테트라에서 보낸 시간이 시우를 변화시켰지만 아직 저들이 NPC라는 생각에 변화는 없었다.

시우는 상인들에게 목적지가 제페스라는 것을 듣고 동행을 요청했다.

상인들은 잠시 따로 모여 의견을 나눴지만 동행에 이의는 없는 모양이었다.

너무 많은 용병이 죽었다. 앞으로의 안전을 위해서라면 전력은 하나라도 많은 것이 좋았다.

습격지와 가까운 곳에서 넓은 공터를 발견한 상인단체는 그곳을 야숙지로 선택했다.

짐꾼들은 줄어든 숫자로 시체를 모아 태우고 천막을 세우기 바빴다.

상인들은 시우의 도움에 감사히며 큰 친밀에서 상인들과 함께 지낼 것을 권유받았지만 거절했다. 시우는 대화가 귀찮았다. 아직 이곳 말이 어려워 말을 하려면 생각이 많이겠다.

혼자 있고 싶었다. 이런 단체 생활에서 그것은 힘든 일이지만 짐꾼들이라면 괜히 시우를 귀찮게 하는 일은 없을 것이 분명했다.

시우는 짐꾼들이 지내는 천막으로 발걸음을 옮겼다. 짐

꾼들은 당황했지만 시우의 예상대로 귀찮게 하는 짐꾼은 없었다.

짐꾼들은 말없이 모포를 가져와 시우의 곁에 두었다. 그뿐 아니라 시우가 편할 수 있도록 서로 다닥다닥 붙어 누워 공간을 비워주었다.

모포를 깔고 누운 시우는 리젠을 사용하다 잠이 들었다.

시우가 잠이 깬 것은 달빛도 구름에 가린 매우 어둔 밤이었다. 체감상 잠이 든 지 얼마 되지 않은 밤인 모양이었다.

"꺅! 제, 제발! 제 동생이 이 천막에서 자고 있어요."

높아지는 언성을 강제로 낮춘, 다급한 여자의 속삭임이 들렸다.

이 무리에 여자는 단 둘뿐이므로 시우는 목소리의 주인이 짐꾼임을 알 수 있었다.

"그래서 나보고 어쩌라는 말이냐. 참으라고?"

"…적어도 동생이 보거나 듣지 못하는 곳에서……."

시우는 저게 무슨 소린가 싶어 상체를 일으켰다.

옆에 있던 짐꾼이 화들짝 놀라며 돌아눕는 것이 보였다.

주변을 둘러보니 제법 많은 짐꾼들이 깨어있었다. 그러나 아무것도 못들은 척, 잠을 자는 척 숨을 죽이고 있었다.

시우는 몸을 일으켜 밖으로 나가 보았다.

천막 밖에서는 한 상인이 소녀의 팔뚝을 움켜쥐고 히죽 거리고 있었다.

시우는 등골을 타고 흐르는 기분 나쁜 직감에 충격을 받았다.

상인놈의 하반신이 바지를 뚫고 나올 듯 부풀어 있었다.

사실 시우도 처음 그녀를 보았을 때 이상하다는 생각을 했었다. 월영용병단과 같이 생활할 때도 시우는 여자 짐꾼을 본 일이 없었기 때문이었다.

사실 힘쓸 일이 많은 짐꾼으로 소녀를 고용한다는 것이 말이나 된단 말인가?

시우는 그 이유를 이제야 알 수 있었다.

시우는 참을 수 없이 기분이 더러웠지만 억눌러 참으며 말을 걸었다.

"그만 하시죠."

빛 한 점 없는 밤이었다. 시우가 있는 줄도 모르던 상인이 화들짝 놀라 소녀의 손을 놓았다.

"누, 누구요!"

상인은 눈을 끔뻑거리며 겨우 시우를 알아볼 수 있었다. 상인의 얼굴이 크게 찌푸려졌다.

"객께서 상관하실 일이 아니오. 이만 들어가 주무시지요."

"그건 그렇지만 누워서 가만히 생각해보니 억울해서 말이지요."

시우의 뜬금없는 말에 상인이 고개를 갸웃거렸다.

"무엇이 말이오."

"짐꾼을 살린 것은 나인데 부려먹기는 당신네들이 부려먹으니 아니 억울하겠습니까?"

상인이 입을 다물었다. 물론 그렇게 생각하는 것도 이해할 수는 있었다. 해독제도 해독제지만 시우는 이 소녀를 살리기 위해 포션까지 사용했다. 상인이 보고 느낀 포션의 효능은 적어도 말 한 필의 가격을 호가하는 것이었다.

그러나 죽어가는 짐꾼을 살려냈다고 해서 고용주에게 이래라 저래라 하는 것은 억지에 불과했다.

"…누가 살리라고 했소? 분명 이들을 살린 것은 당신이지만 삯을 주고 부려먹는 것은 우리이외다."

"그렇다면 간단한 문제군요? 제가 그 소녀를 고용하겠습니다."

시우는 소녀를 보며 물었다.

"삯은 얼마나 받으며 일하지?"

"일당으로 8페니……."

소녀가 답하자 상인이 말을 잘랐다.

"그렇게 간단한 문제가 아니오!"

시우의 참견으로 달아오른 욕구는 이미 차갑게 식어버

렸지만 상인은 소녀를 포기할 수 없었다.

"아직 상행의 도중인데 고용주를 마음대로 바꿀 수 있다면 누가 짐꾼을 믿고 고용하겠소?!"

"즉, 고용주 측에서 계약을 파기하면 가능하다는 그런 뜻입니까?"

구름이 걷혔다.

갑자기 드러난 붉은 달 베헬라의 달빛에 시우의 눈동자가 붉게 빛났다.

상인은 움찔 놀라 저도 모르게 시우의 질문에 고개를 끄덕였다.

"그럼 이렇게 하죠."

시우는 갑자기 연노궁을 꺼내들었다.

허공에서 갑자기 나타난 크로스 보우에 상인은 화들짝 놀랐다.

시우는 그러거나 말거나 혹시 쓸 일이 생길까 미리 챙겨두었던 코리의 독통을 꺼내들어 볼트에 발랐다.

"아니, 그걸 어쩌려고……."

상인의 목소리가 떨렸다. 혹시 시우가 자신을 해코지할까 두려웠던 것이다. 하지만 시우는 상인을 해칠 생각이 없었다. 이 무리의 주체는 상인이었다. 상인을 해치면 문제가 생긴다.

시우는 소녀를 겨눈 뒤 쏘았다.

"악!"

시우의 손속은 단호했다.

"이게 뭐하는 짓이오!"

소녀의 비명과 상인의 고함에 용병들이 무기를 들고 뛰쳐나왔다.

소녀가 고통에 겨워 신음을 흘렸다. 그녀의 원망어린 시선이 느껴졌지만 신경 쓰지 않았다.

"볼트에는 코리의 독을 발랐습니다. 당장은 죽지 않지만 이대로 놔두면 이 소녀는 반드시 죽고 말겠죠. 당신은 이 소녀를 살리겠습니까? 아니면 고용관계를 깨고 죽도록 방관하시겠습니까?"

시우의 질문에 상인이 당황스런 표정을 지었다.

너무 갑작스런 상황에 성욕은 저 멀리 사라지고 없었다.

그러나 갑자기 오기가 들었다. 시우의 행동이 괘씸해 소녀를 해독하고 살려놓을까 싶었다. 그러나 그것도 잠깐의 변덕이었다. 상인은 진정했다.

어차피 상행의 끝도 얼마 남지 않았다. 여자라면 제페스에도 얼마든지 있었다. 고작 여자하나 때문에 비싼 해독제를 먹이고 그녀를 위한 삯도 지불하기에는 손해가 크다는 판단이 섰다.

상인은 시우를 노려보다가 혀를 차며 등을 돌렸다.

"잠깐!"

시우는 소녀에게 해독 포션을 먹이고 상인을 불러 세웠다.

"또 뭐요?"

상인은 감정이 크게 상한 모양이었다. 눈빛이 예사롭지 않았다.

"오늘까지 일한 이 소녀의 삯은 지불해야 하지 않겠습니까?"

"이이이……!"

상인은 감정을 주체할 수 없는지 두 주먹을 바들바들 떨었지만 이내 돈주머니를 헤아리더니 집어 던졌다.

돈주머니는 정확히 시우의 머리로 날아왔다.

피하려고 하면 못 피할 것도 없지만 시우는 굳이 피하지 않았다.

퍽!

"정확히 13실링 4페니이오. 이것을 받고 앞으로는 내게 말을 걸지 않았으면 하오."

시우는 상인이 팽개친 돈주머니를 주워들고 소녀에게 건넸다.

"밤이 깊었다. 이만 들어가 자라."

소녀는 말만 남기고 먼저 천막으로 들어가는 시우의 뒷모습을 시선으로 쫓았다. 혼란스러웠다. 시우가 좋은 사람인지 아닌지 헷갈렸다.

소녀의 시선이 밑으로 떨어졌다. 그녀의 고사리 같은 두 손에는 신비로운 빛깔로 반짝반짝 빛이 나는 포션과 돈주 머니가 들려있었다.

소녀의 생각에 시우는 착한 사람 같았다.

✤

이른 새벽에 잠에서 깬 시우는 버릇처럼 리젠을 사용했다.

호흡을 통해 들어오는 뜨거운 마력들이 몸속에서 소용돌이쳤다.

시우는 그것을 가만히 관찰하기 시작했다. 소용돌이는 시간을 거칠수록 더욱 빠르고 강하게 회전을 더해갔다.

대략 30분이 지났을까? 그 회전이 극에 달했을 때 소용돌이가 흩어져 날숨을 통해 빠져나갔다.

그러나 모든 마력이 사라진 것은 아니었다. 구심력에 의해 소용돌이의 중심을 향하던 마력들이 덩어리를 이루더니 시우의 몸 안에 잔류했던 것이다.

시우는 그것이 최대 마력량의 증가원인임을 알 수 있었다.

단순히 수치화된 마력을 보고 사용하던 때와는 다른 보람이 시우의 마음을 뒤흔들었다. 시우는 평소보다 더 리젠에 몰두해 시간가는 줄 모르고 누워있었다.

그러나 시우는 정신을 차릴 수밖에 없었다. 리젠으로 인해 예민해진 감각으로 누군가가 다가오는 기척을 느낄 수 있었다.

시우는 눈을 뜨고 몸을 일으켜 상대를 확인해 보았다.

소녀였다.

소녀는 시우가 눈을 뜰 줄은 몰랐는지 놀란 눈치였다. 그러나 짐짓 태연한 척 시우 앞에 무릎 꿇어 앉으며 쟁반을 내밀었다.

"아침식사입니다."

쟁반에는 묽은 수프와 노르스름한 빵이 놓여있었다.

"어째서 네가 이것을?"

시우의 질문에 소녀는 잠시 당황한 듯 보였다.

"이제 제 고용주는 체슈님입니다."

시우는 인상을 찌푸렸다. 이건 시우가 원하던 것이 아니었다. 그러나 이내 인상을 폈다. 딱히 곤란할 일은 없을 거란 생각이 들었다.

"앞으로 식사는 가져오지 않아도 된다."

"예? 하지만……."

시우는 빈 몸이었다. 기껏해야 가지고 있는 물건은 허리춤의 한손검뿐이었다. 짐가방은커녕 주머니도 없었다. 심지어는 차고 있는 혁대도 여행자들이 주로 사용하는 다용도 혁대가 아니라서 포션이 들어갈 공간도 보이지 않았다.

당연히 그가 먹을 식량도 보이지 않았다.

시우는 한숨을 내쉬며 아이템창에서 육포를 몇 조각 꺼내들었다.

소녀의 눈이 동그랗게 커졌다. 그녀의 눈에는 육포가 허공에서 갑자기 나타난 것처럼 보였기 때문이었다.

시우는 두 조각을 소녀에게 주었다.

"한 조각은 동생에게 주어라. 그것을 맛보면 식사를 가져오지 말라는 말을 이해할 것이다."

소녀는 고개를 조아렸다. 이렇게까지 이야기하는데 더이상 토를 달 수는 없었다.

소녀는 자리에서 일어나 절뚝거리며 동생에게 가려고 했다. 시우가 눈살을 찌푸렸다.

"잠깐! 어째서 발을 절지?"

시우의 질문에 소녀는 어찌할 바를 몰랐다.

"아, 저, 그게……."

"효과가 없었나?"

시우는 포션의 레벨제한이 10이라는 걸 기억해냈다. NPC에게 레벨이 있다는 사실이 낯설어 미처 생각지 못했지만 어쩌면 아이템의 레벨제한이 NPC에게도 적용될 수도 있다는 생각이 들었다.

빨리 자고 싶은 마음에 해독제만 직접 먹이고 포션은 그냥 통째로 주었으니 가능성은 충분했다.

그러나 시우의 질문에 소녀는 화들짝 놀라며 고개를 저었다.

"그러면?"

"포션은 비싸니까요."

대답하는 소녀의 얼굴은 어두웠다. 어쩌면 포션을 빼앗길 수도 있다는 생각이 든 탓이다. 그러나 시우에겐 추호도 그럴 생각이 없었다.

"목숨보다 비싸진 않다."

일단 해독을 하기는 했지만 어제 사용한 코리의 독은 더러웠다. 해독 포션은 만능이 아니었다. 살균까지는 되지 않는다. 어쩌면 상처가 덧나 죽을 수도 있었다.

시우의 대답에 소녀가 고개를 들었다. 이 검은 머리의 고용주는 참 신기한 말을 한다. 만약 사람들에게 짐꾼의 목숨과 포션을 택하라하면 모두가 하나같이 포션을 택할 것이다.

짐꾼들이 입을 모아 말하길 그의 겉모습은 누구도 보지 못한 모습이라며 어쩌면 매우 먼 곳에서 찾아왔을 거라고 했다. 어쩌면 그들의 말이 사실인지도 몰랐다. 아마 이 검은 머리의 고용주는 별천지에서 온 모양이었다.

소녀는 잡생각을 거두고 고개를 숙였다. 그러나 여기는 별천지가 아니었다.

"흔히 포션값을 목숨값이라 한다지만 그것도 귀하신 분

들의 목숨값입니다."

소녀의 말에 시우는 가슴 한편에 차가운 바람이 부는 것을 느꼈다. 머리로는 NPC일 뿐이라고 이해하지만 가슴이 느끼는 것은 달랐다.

시우는 울컥하는 감정을 집어 삼키고 왼쪽 눈을 가렸다. 소녀의 가슴팍에서 포션이 타겟팅 되었다.

시우는 거친 손길로 포션을 빼앗았다.

"마셔라. 마시지 않으면 네 동생을 죽이겠다."

시우는 화난 표정을 지었다. 순하디 순하던 그의 얼굴에 떠오른 감정은 너무나도 흉악했다.

소녀는 가슴이 덜컹 내려앉는 경험을 하며 포션을 받아들었다. 마시지 않으면 동생이 죽을 지도 몰랐다.

소녀는 포션을 마셨다. 한 모금 마셨을 뿐인데 통증이 사라졌다. 완쾌된 것이다. 그러나 포션을 남기면 남겼다고 동생을 죽일 것 같아 남은 포션을 마저 다 마셔버렸다.

소녀는 눈물을 글썽이며 포션병을 내려놓았다.

시우는 NPC에게 아이템의 레벨제한이 걸리지 않는다는 걸 확인할 수 있었다.

"네 이름이 무엇이지?"

"…루리입니다."

"네 동생은?"

"로이입니다."

시우는 그들의 이름을 머릿속으로 되뇌며 기억해두고 이어 말했다.

"어때? 포션은 정말로 로이의 목숨보다 비쌌을까?"

시우의 질문에 루리는 충격을 받았다. 느껴지는 바가 많았다.

뒤늦게 정신을 차리고 고개를 들었지만 더 이상 그곳에 시우는 없었다.

그는 이번에도 자신이 할 말만을 남기고 사라졌던 것이다.

허공을 바라보던 루리의 뺨을 타고 닭똥 같은 눈물이 흘렀다.

몇 번이나 하고 싶었지만 하지 못한 말을 중얼거렸다.

"아윽! 흐흑! 가, 감사합니다."

루리는 말했지만 시우는 들을 수 없었다.

아침식사가 끝나고 짐꾼들이 천막을 거두자 드디어 상인단체가 움직이기 시작했다.

짐마차에 궁둥이를 걸치고 앉으니 베로카가 싱긋싱긋 웃는 얼굴로 다가왔다.

"어젯밤에는 제법 활약했다며?"

"활약?"

"여자 짐꾼의 일 말이야. 사실 같은 여자의 입장에서 나도 기분이 더러웠는데 네 이야길 들으니 속이 다 시원하더라."

베로카는 풀쩍 뛰어 시우의 옆에 앉았다. 시우가 눈살을 찌푸리며 거리를 벌리자 베로카가 엉덩이를 씰룩거리며 반동을 주어 다가왔다.

"···활약이랄 것도 없어. 내가 머무는 천막 앞에서 그 짓을 하려고 하길래 기분이 나빴을 뿐이야. 게다가 그 루리라는 아이한테는 좋은 일도 아니었을 테고."

시우는 루리가 자신을 원망하고 있을 거라고 생각했다. 그도 그럴 것이 어젯밤에는 영문도 모른 체 볼트에 맞아야 했고 아침에는 동생의 목숨을 위협했다.

시우도 생각이 있어서 그랬다지만 좋은 소리를 들을 수 있는 행동은 아니라고 생각했다.

"헤에~!"

베로카는 무엇이 그렇게 좋은지 다리를 대롱대롱 흔들다가 입을 열었다.

"아, 맞다. 그러고 보니 네 이름!"

"뭐가."

"네 본명 말이야. 알려주지 않을래?"

"어차피 발음도 못하는 걸 뭐하려고."

시우는 어제의 농담이 떠올랐다.

"저주라도 걸려고?"

"아니, 그냥 궁금하잖아. 이름이 그렇게 독특하다면 그 특성으로 네가 어디서 왔는지 알 수도 있으니까."

"됐어. 저주는 싫다."

"겁도 많긴. 그럼 어디서 왔는지라도 알려줘. 혹시 아카리나 대륙에서 왔어?"

"아니."

"하긴 아카리나인은 포스칸보다도 까만 피부를 하고 있다더라."

시우도 아카리나인의 피부색이 독특하다는 것은 알고 있었다. 듣자 하니 아카리나인이라는 자들은 흑인인 모양이었다.

"나도 뭐 하나 물어봐도 돼?"

시우의 질문에 베로카는 눈을 반짝거렸다. 시우의 질문이 기대된다는 태도였다.

"뭔데?"

"그 로브 안 불편해?"

베로카의 얼굴이 실망으로 바뀌었다.

"그야 거추장스럽긴 하지."

"그런데 왜 입는 거야? 특히나 이런 산 속에서 몬스터의 습격을 받을 지도 모르는데 거추장스러운 옷을 입는 이유를 모르겠는데."

시우의 질문에 베로카의 표정이 묘해졌다.

"너 정말 아무것도 모르는구나?"

시우는 굳이 반응하지 않았다. 베로카는 한참동안 시우의 얼굴을 쳐다보다가 대답했다.

"로브를 입는 이유야 여러 가지가 있지."

"뭔데?"

베로카는 손가락을 피며 말했다.

"첫 번째 기능성. 착용감 자체는 불편하지만 추울 땐 따듯하고 바람이나 모래 등의 오물로부터 몸을 보호하고 후드를 뒤집어쓰면 비가 아무리 쏟아져도 문제없지."

베로카가 두 번째 손가락을 폈다.

"두 번째 신분 은폐. 너같이 신체적 특징을 숨길 수 없는데 신분을 숨기고 싶을 때 로브만한 것도 없어."

베로카는 세 번째 손가락을 폈다.

"그리고 지금부터가 중요한데 세 번째 이유는 신분을 알리는 거야."

"그게 무슨 소리야?"

"가죽갑옷차림의 용병들 가운데 로브를 입은 내가 서 있으면 뭐라고 생각하겠어?"

"아, 사제나 마법사라고……."

"바로 그거야. 노동자들 가운데 일부러 거추장스러운 옷을 입고 나는 육체노동 안 하는 비노동자, 즉 고급인력입니다~ 하고 어필을 하는 거지."

"너답지 않은 걸."

"엥?"

베로카가 그게 무슨 뜻이냐는 듯 고개를 갸웃거렸다.

시우는 실언임을 깨달았다. 사실 베로카가 조금 귀찮기는 했지만 제법 정이 가는 성격에 시우 자신도 모르게 색안경을 낀 모양이었다.

마음에 드는 인물이니 그놈의 신분 운운은 하지 않을 거라고 마음대로 추측한 것이다. 사실 그녀에 대해서 아는 거라곤 말이 많은 마법사라는 것밖에 모르면서 말이다.

"후, 아무것도 아니야. 계속해 줘."

"뭐, 아무튼 같은 평민이라도 다 같은 평민은 아니니까 이런 복장의 차이로 은근히 신분을 노출하는 거지. 나도 이놈의 로브는 지겹지만 이 특혜는 아주 예민한 문제니까 마을 밖에서는 벗기가 힘들더라고."

"그놈의 과시가 무슨 특혜까지야."

시우의 기분이 나빠진 걸 알아챈 베로카가 고개를 갸웃거렸다. 그러나 그 이유는 알 수 없었다.

"너 복장의 힘 무시하지 마. 내가 하나 예를 들어줄게. 이렇게 상행을 하다가 코리부족과 마주쳤어. 그런데 마침 해독제를 거의 다 써버려서 용병들을 몇 명밖에 살리지 못하는 상황이야. 상행에 고용된 용병들은 같은 용병단 출신이 아니라서 아직 서로를 잘 모르는 상태라면 해독제를 가진 용병은 누구부터 살릴까?"

당연히 전투에 더 도움이 되는 사제나 마법사를 살릴 것이다.

시우는 그제야 이해할 수 있었다. 이것은 단순히 신분과 시의 문제가 아니었다. 이들에게는 목숨이 달린 문제였던 것이다.

"미안."

"왜?"

"잠깐 너를 오해했거든."

"히히히! 미안하면 포션이라도 줄래?"

시우는 농담투로 말하는 베로카의 말에 피식 웃으며 아이템창을 열었다.

정말 좋은 이야기를 들었다. 이런 이곳의 상식이나 토막지식은 지금의 시우에게 부족한 것이었다. 시우는 충분히 포션값을 한다고 생각했다.

농담으로 한 말에 시우가 정말로 포션을 내밀자 베로카는 식겁했다.

"야야! 농담이야. 뭘 진짜로 포션을 내밀고 있어?"

"받아둬. 좋은 이야기를 들려준 대가니까."

베로카는 두 번 사절하지 않았다.

낚아채듯 포션을 챙긴 베로카가 실눈을 뜨며 시우를 위

아래로 훑어보았다.

"너 옷차림은 평범한데 사실은 엄청난 부자 아니야?"

"어째서 그렇게 생각하지?"

"1실링이나 하는 해독제를 막 사용하지 않나. 이 포션도 어제 본 효능이라면 7에서 10파운드는 나갈 것 같단 말이지."

시우는 깜짝 놀랐다.

"뭐? 그게 그렇게 비싸?"

시우의 반응에 베로카는 어처구니가 없었다.

"하등품의 포션이라면 1파운드 정도면 살 수 있지만 이건 상등품쯤 되어 보이니까 그 정도 가격은 하겠지. 설마 모르고 사용한 거야?"

시우는 고개를 끄덕였다.

시우는 아직 이곳의 물가를 잘 모르지만 10파운드가 얼마나 큰돈인지는 알고 있었다.

그것도 그럴 것이 테트라에서 반년동안 잡다한 일을 하면서 한 푼도 안 쓰고 모은 돈이 13파운드 10실링이었기 때문이었다.

12페니가 1실링, 20실링이 1파운드니까 시우의 일일 수당은 평균으로 쳐서 18페니나 되는데도 이 정도였다.

이 포션 하나가 그 정도로 비쌀 줄은 미처 알지 못했다.

하긴 생각해보면 일리는 있었다. 이곳은 체력 스탯 하나에 생명력이 고작 1밖에 올라가지 않는 이상한 세계였다.

포스칸이 아닌 이상에야 생명력이 200을 넘기 힘든 곳.

반면에 이것, 원래는 하등품 중에서도 하등품이었던 이 포션은 생명력을 200밖에 채워주지 않는다. 하지만 이곳에서 사용하게 되면 숨만 붙어있어도 완전 부활시키는 소생의 물약이 되는 것이다.

비싸지 않은 것이 더 이상했다.

시우의 반응에 베로카는 포션을 얼른 숨겨버렸다.

"안 돌려줄 거야."

"됐어. 나도 한 번 준 물건 도로 빼앗을 생각은 없으니까. 대신 그 대가가 될 수 있는 이야기나 더 해줘."

베로카는 잠시 곤란해 했다.

값어치가 10파운드나 되는 이야기라니 도대체 무슨 이야기를 하면 좋단 말인가?

베로카가 가지고 있는 전문지식은 마법 정도에 불과했다. 물론 그마저도 10파운드의 가치를 가진 지식은 손에 꼽을 정도로 적었다.

"너 혹시 드라고니스는 이미 배웠어?"

"드라 뭐? 그게 뭔데?"

베로카는 시우가 부정을 해주었으면 하고 생각했지만

애초에 알아듣지도 못하자 당황스러웠다.

"너도 마법사잖아? 그럼 적어도 드라고니스 정도는 알아두라고!"

베로카가 가슴을 쳤다. 상식이라는 것이 전무한 시우가 그토록 답답할 수가 없었다.

시우는 괜히 자존심이 상해 대답했다.

"애초에 내가 마법사라는 것은 착각이야. 마력은 쓸 줄 알지만 난 내가 마법사라는 자각도 부족하다고."

시우의 대답에 베로카는 한숨을 푹 내쉬었다.

"그럼 어제 쓴 마법도 본능적인 기초 성질 변화였구나."

시우는 도무지 베로카의 대화에 따라갈 수 없었다. 베로카는 그것을 알아채고 곤란한 듯 미소 지었다.

"그럼 좋아. 기껏 마력을 다룰 줄 아는데 마법 지식이 부족하다니 아깝잖아. 그러니 제페스에 도착할 때까지 내가 마법을 가르쳐줄게. 네가 나에게서 얼마나 배우는지는 네 역량에 달렸어. 제대로 배우지도 못하고 값어치를 못했다는 말은 하지도 말라고."

시우는 굳이 마법을 배울 필요가 있을까 싶었지만 일단 고개를 끄덕였다.

시우가 알던 세계와 이곳은 너무나도 달랐다. 이미 쓸 수 있는 마법은 많았지만 어쩌면 이 지식으로 기존의 마법에 변화를 가미할 수 있을지도 몰랐다.

"먼저 알아둘 것은 마력에는 가장 기초적인 4가지 성질이 있다는 거야. 물론 재능이 뛰어난 사람은 그보다도 많은 성질 변화가 가능하지만 세부적인 사항은 다루지 않을게. 그럼 이 4가지 성질이 무엇인지는 알고 있어?"

시우는 당연하다는 듯이 대답했다.

"물, 불, 바람, 흙."

"…모르면 억지로 대답하지 않아도 돼."

베로카의 한심하다는 눈빛에 울컥했지만 시우는 그냥 입을 다물었다.

"마력에는 4가지 성질이 있어. 그것은 바로 인력, 척력, 빛, 소리야."

대답을 마친 베로카는 지팡이를 들고 마차에서 내렸다.

"가장 먼저 인력. 바로 잡아당기는 힘이지."

베로카가 마력을 끌어올리자 그 마력이 지팡이의 끝에 모였다. 마력의 성질을 인력으로 바꾼 베로카가 머리통만한 돌덩이를 가리키자 바닥에 박혀있던 돌덩이가 베로카를 향해 날아왔다.

베로카는 일단 인력과 척력을 적절하게 조절해 돌덩이를 허공에 고정시켰다.

"인력은 매우 유용한 성질이야. 무거운 물건을 들거나 머리 위에 인력을 작용시키면 하늘을 나는 것도 가능하지.

마법사길드에서 흔히 볼 수 있는 뒤집혀져도 화살이 떨어지지 않는 화살통이나 무게가 줄어드는 상자 같은 것들이 이러한 인력을 이용해 만들어져."

베로카는 이내 지팡이에서 인력을 제거했다. 그러나 돌덩이가 조금 밀려나더니 쿵 하고 바닥에 떨어졌다.

"척력은 밀어내는 힘. 물건을 던지거나 날아오는 것을 막아낼 때 주로 사용해. 하지만 사실 마법사들은 한 가지 용도로만 사용하지. 바로 방어막. 날아오는 화살이나 검으로부터 몸을 보호하는 용도. 사실 물건을 던지는 것은 인력만으로도 충분하거든."

베로카는 다시 지팡이에 인력을 작용시켜 떨어진 돌덩이를 잡아당겼다. 그러나 이번에는 척력을 작용하지 않고 지팡이를 머리 위에서 빙글빙글 돌렸다.

돌덩이는 베로카의 머리 위에서 빙글빙글 돌았다. 돌덩이에 작용하는 원심력과 지팡이의 인력이 균형을 이루는 상태가 된 것이다.

그리고 회전에 속도가 붙자 베로카는 마력을 흩어버렸다. 돌덩이를 잡아당기던 힘이 사라지자 돌덩이는 관성에 의해 매우 빠른 속도로 날아가 나무에 박혀버렸다.

"이렇게 말이지."

베로카가 시우를 돌아봤다. 시우가 어떤 반응을 보일 지 궁금했던 것이다.

그러나 시우의 반응은 심드렁했다. 솔직한 심정으로 실망이었다.

시우에게 마법이라는 것은 불과 얼음을 뿌리는 화려한 능력이었다. 적어도 시우의 기준으로 저런 구질구질한 기술은 마법이라고 하기에도 미안한 능력이었다.

"뭐, 하늘을 날 수 있다니 그건 신기하네."

베로카는 시우의 반응에 울컥했다.

겉으로는 쉬워 보일지 모르지만 베로카가 이토록 마력의 성질을 자유자재로 다루기까지는 엄청난 노력과 시간을 필요로 했다. 저런 반응을 보여도 될 능력이 아니었다.

"다음은 빛과 소리인데 사실 빛은 어둠을 밝히는 용도로밖에 사용되지 않아. 그럼에도 무시는 할 수 없는 이유는 사치품으로 구분되는 마광구가 이 능력으로 만들어지기 때문이지. 다음은 소리. 얼핏 들으면 가장 쓸모없는 성질로 오인 받을 수 있지만 나는 그렇게 생각하지 않아. 일설에는 훌륭한 마법사라면 소리의 성질을 무시할 수 없다고도 하니까 말이지."

베로카는 지팡이를 통해 빛과 소리의 성질을 보여주었다.

지팡이가 빛이 나고 웅웅 하고 떨었다.

"이건 내가 발견한 마법이야. 잘 봐."

베로카는 지팡이로 나무 위에 앉은 새를 겨눴다. 신중하게 마력을 지팡이에 끌어 모은 베로카가 마력을 소리의 성질로 변화시켰다.

키이잉!

"헉!"

시우는 깜짝 놀라 귀를 막았다. 고막이 터질 듯한 굉음이었다.

말들이 흥분하고 상인 용병 짐꾼 중 누구라 할 것 없이 모두가 귀를 틀어막았다.

나무 위에서 새가 떨어져 내렸다.

강력한 음파로 새에게 뇌진탕을 일으킨 것이었다. 나름대로 음향무기의 원리인 것 같았다.

"어때?"

반짝반짝 빛이 나는 베로카의 표정에 시우는 뒤를 가리켰다.

어느새 짐마차들은 멈춰 서고 사람들이 베로카를 주목하고 있었다.

"아직 개선이 필요하긴 하지만 제법 쓸 만한 능력이지?"

물론 쓰기에 따라서는 비살상 제압 마법으로 유용하게 쓰일 수 있었다. 하지만 피아의 구분 없이 무차별적으로 효력을 발휘하는 베로카의 마법은 양날의 검이라 할 수 있었다.

시우는 베로카의 질문에 대답하지 않고 마차에서 내렸다.

베로카의 마법 시연을 보면서 한 가지 아이디어가 떠올랐기 때문이었다.

소리란 물체의 진동으로 생긴 음파다. 그리고 진동은 물리력이었다.

베로카는 그 물리력에 마력을 투자함으로 데시벨(dB;소리 크기의 상대값)과 헤르츠(Hz;진동수의 단위)를 증가시켰다.

쉽게 말하면 보다 크고 높은 음을 만들어 냈다는 의미였다.

시우는 소리의 작용에 다른 사용 방법이 있음을 깨달았다.

만약 진동으로 작용할 물리력을 일시에 터트린다면?

소리에 작용하는 마력의 양은 늘리면서 진동수가 아닌 진폭과 위력만 늘린다는 것이다. 이 발안이 정말 시우의 생각대로 작용해 줄지는 미지수였다. 그래서 실험이 필요했다.

시우는 나무로 다가가 손을 얹었다. 그리고 마력을 주입시켰다. 여기까진 문제가 없었다.

시우는 즉시 마력을 소리의 성질로 변화시켰다. 잠깐 머뭇거렸지만 마력은 문제없이 시우의 의지를 따라 성질이 변화되었다. 그러나 소리는 울리지 않았다. 시우가 억제한 탓이다.

잠깐 얼굴을 찌푸리던 시우는 마력이 충분히 모이자 억제력을 풀어버렸다.

투웅!

나무가 크게 흔들렸다.

"뭐야? 방금 뭔한 거야?"

"소리."

시우는 나무를 지켜보며 뒷걸음질을 쳤다. 그러자 잠시 후 나무가 기우뚱 기울기 시작했다.

우득. 우드드득! 쿵!

마법 실험은 성공적이었다.

소모 마력은 얼마 되지 않는데 나무 하나를 꺾어버릴 수 있었다. 만약 마력의 출력만 늘어나면 마력을 더 주입시켜 더 강한 불리력도 발휘할 수 있을 것 같았다.

베로카는 경악의 눈빛으로 흐뭇하게 웃는 시우와 쓰러진 나무를 정신없이 번갈아 보았다.

Respawn

NEO FUSION FANTASY STORY & ADVENTURE

7강.

인간들의 도시, 제페스

리스폰

시우가 짐마차에 궁둥이를 붙이자 상행이 다시 출발했다.

"솔직하게 말해. 너 마력의 성질 변화 원래부터 알고 있었지?"

베로카의 질문에 시우는 고개를 저었다.

베로카는 시우의 대답이 의심스러웠지만 믿지 않을 수 없었다.

마력의 기본 성질이 물, 불, 바람, 흙이라고 대답하는 시우의 모습이 각인된 듯 기억에 남아있다.

베로카가 보기에 시우는 진정 그렇게 믿고 있었다.

베로카는 머리를 움켜쥐었다.

이건 말도 안 되는 일이었다.

베로카가 처음 기본 성질 변화에 대해 배우고 그 4가지를 모두 사용하게 되기까지 열흘이 걸렸다. 그것을 이용해 응용을 연구하기까지 다시 열흘이 걸렸고, 응용을 통한 결과를 내기까지 또 열흘이 걸렸다.

즉 기본기를 익히는 데만 총 한 달이 걸린 것이다. 시우는 그 과정을 짧은 시연만 보고 해내는 위업을 달성했다.

베로카는 고개를 휘저었다.

그렇게 간단히 생각할 문제는 아니었다.

시우는 코리들을 쫓을 때도 마법을 사용했다. 아마 본능적인 것이었겠지만 마력을 컨트롤하는 연습은 되었을 것이다.

베로카는 그러한 경험을 미리 해봤으니 기본기가 충분했던 거라고 납득했다.

그것을 감안하고서도 시우의 마법은 굉장한 것이었지만 더 이상 그것에 대해서는 생각하지 않기로 했다.

"그래서? 그 다음은?"

시우가 묘하게 들뜬 얼굴로 물었다.

"그럼 기본기는 충분한 것 같으니 드라고니스로 넘어갈까. 아무리 너라도 드래곤은 알겠지?"

시우는 머뭇거렸지만 고개를 끄덕였다.

시우도 드래곤은 알고 있었다. 시우가 주저한 이유는 이곳의 드래곤이 시우가 알고 있는 드래곤과 같은 드래곤인지 확신할 수 없었기 때문이었다.

"드라고니스는 바로 드래곤의 언어야. 흔히 세속에 알려진 불을 피우고 바람을 일으키는 마법들이 드라고니스를 통해 만들어지지."

베로카는 '잠깐 기다려.' 하고 사라지더니 다른 마차에서 커다란 짐가방을 들고 나타났다.

시우는 하나의 서적을 꺼내드는 베로카의 모습에 긴장했다.

"그런데 체슈, 너 혹시 글은 읽을 줄 알아?"

시우는 한숨을 푹 내쉬며 왼쪽 눈을 가렸다.

드라고니스에 대한 모든 것

설명- 마법명문 듀봉가의 8대 자손 듀봉 프러스티가 작성한 드라고니스에 대한 기초 서적. 드라고니스와 관련된 마법 서적은 많지만 그 중에서도 가장 상세하고 정확하게 기록된 것으로 유명하다.

뭘 하든 고급 지식을 배우려면 글은 빼놓을 수 없는 모양이었다.

베로카는 그 서적이 10파운드의 가치를 한다며 시우에게 주었다. 시우는 서적 하나에 10파운드나 한다는 사실을 의심했지만 이어진 설명에 납득할 수밖에 없었다.

종이는 사치품의 일종으로 한 장에 8페니나 했다. 즉 60장으로 이루어진 이 서적은 정보의 가치를 무시하고도 무려 2파운드나 한다는 의미였다.

시우는 라이나가 주었던 종이로 된 서적 2개의 가치를 새삼 깨달을 수 있었다.

시우는 드라고니스에 대한 서적을 한 번 쭉 훑어보았다.

글공부 책이나 검술 서적과는 다르게 그림이 없고 글만 빽빽하게 차 있었다. 눈이 빙글빙글 돌아가는 기분이 들어 시우는 책을 거칠게 덮었다.

시우는 글공부 책을 꺼내들었다.

그걸 본 베로카가 입을 가리고 장난스럽게 '푸푸풋!' 하고 비웃는 소리가 들렸지만 무시했다.

헤카테리아 대륙 공용어는 한국어와 유사성이 짙었다.

일단 문법 자체가 한국어와 같은 주어-목적어-서술어 순이기 때문에 단어만 공부해도 대화가 가능한 수준이었다.

문자 또한 크게 다른 점은 없었다. 모음과 자음이 하나씩, 혹은 받침까지 3개의 음이 모여 하나의 글자가 되는 것이다.

그러한 유사성 덕분에 글공부를 시작한 지 5일밖에 되지 않았지만 시우는 느리게나마 글을 읽는 것이 가능해졌다.

시우는 아이템창에서 세계수의 가지를 꺼내들었다.

이번에는 쓰는 것을 연습하기 위해서였다.

허공에 지팡이를 휘두르니 마력이 잔류하며 빛으로 변화해 글자를 쓸 수 있었다.

체슈.

이곳에서 사용하게 될 시우의 이름.

시우는 낯선 문자로 쓴 그 이름을 한참동안 바라보았다.

점심이 되자 시우는 사람들이 보이지 않는 곳으로 가서 포스칸 상급 검술을 읽었다. 그것이 비전 검술이기 때문에 라이나가 사람들의 눈이 없는 곳에서 읽으라는 조언을 따른 것이다.

그리고 세실강 한손검을 꺼내들고 몇 동작을 연습했다.

아직 글을 읽는 속도가 한참 느려 연습할 수 있는 동작은 몇 가지가 되지 않았다.

마차가 다시 출발할 즈음에 합류하니 베로카가 다가와 어딜 갔었냐고 물었다.

시우는 솔직하게 검술을 연습했다고 대답했다.

왜 숨어서 연습하냐는 질문에는 대답하지 않았다.

마차에 궁둥이를 붙인 시우는 리젠을 쓰면서 다시 글공부에 돌입했고, 아침 점심 저녁으로 마차가 멈추면 인적이 없는 곳으로 사라져 포스칸 상급 검술을 연마했다.

해가 저문 새벽과 밤에 마력으로 불을 킬 수 있으니 시간을 좀 더 효율적으로 활용할 수 있게 되었다. 수면시간은 대폭 줄어들었지만 사실 리젠을 사용하면 딱히 피로는 느낄 수가 없었다.

그렇게 3일, 상행은 다행히도 몬스터와 조우하는 일도 없이 제페스에 도착할 수 있었다.

성벽의 높이는 20미터가 채 되지 않았지만 그것만 해도 시우는 엄청난 위압감을 느낄 수 있었다. 그 위압감은 성벽과 가까워질수록 커지고 있었다.

그럴 리는 없겠지만 높은 성벽 앞에 덩그러니 서있으니 그 성벽이 덮쳐들 것 같은 착각이 일어날 정도였다.

"야 체슈, 시골뜨기야. 그만 정신 차려. 너 시민권이나 용병증은 있어?"

"어, 어?"

"신분을 증명할 서류가 있냐고."

시우는 고개를 저었다.

"그럼 허리에 찬 무기를 잠깐 숨겨놔. 짐꾼이라고 하면 들어갈 수 있을 테니까."

시우는 고개를 끄덕이고 세실강 한손검을 아이템창에 넣어뒀다.

몇 번이나 본 광경이지만 베로카는 그것을 신기한 눈빛으로 쳐다보았다.

잠시 후 짐마차는 성문에 도착할 수 있었다. 경비병들이 나와 짐마차를 뒤지고 무기를 든 용병들의 신분을 확인했다.

상인들의 짐마차에는 항구도시에서 싣고 온 소금이나 각종 무역품으로 가득 했다. 덕분에 경비병들은 거금의 통행세를 요구했는데 상인 한 명이 대표로 나와 돈주머니를 찔러주니 경비병이 통과를 외쳤다.

사실 일개 경비병이 상인길드의 일행들을 막아 설 수는 없는 일이었다. 영지로 들어오는 품목들을 조절하는 상인길드의 영향력은 막대했기 때문이었다.

이 일로 상인길드가 경비병에게 앙심을 품고 제페스로 유통되는 소금의 양만 통제해도 영주의 진노를 살 수도 있었다.

제페스의 위치는 바다에서 멀지 않았지만 그 사이에는 탄즈 산맥과 코리의 숲이 자리한 탓에 소금은 매우 귀한 품목이었다.

그런 이유로 경비병들은 그저 관례로서 세금을 부르고 뇌물이 들어오면 통과시킬 수밖에 없었다.

시우는 베로카와 상인들의 도움으로 짐꾼으로서 처리되어 제페스에 진입할 수 있었다. 그러나 성문을 통과한 시우의 기대감은 실망으로 무너지고 말았다.

"윽!"

냄새나고 더럽고, 첫 인상은 빈민굴에 들어온 줄 알았다. 땟국이 흐르고 다 헤진 옷을 입은 부랑자들, 고아와 노인들이 길거리에 나앉아 있었다.

상인들과 용병들이 지나가자 그들은 힘겹게 몸을 일으켜 바가지를 들이밀었다.

"적선하십쇼. 엘라께서 축복하실 겁니다."

상인들이 코를 부여잡으며 눈살을 찌푸렸지만 그들을 쫓지는 않았다. 오히려 돈주머니를 열어 구리동전을 하나씩 던져주었다.

엘라 교단의 유명한 교리 중 하나인 '남에게 선을 베풀면 그만큼 행운으로 돌아온다.'는 문구가 문화로 정착했기 때문이었다. 사람의 힘으로는 어쩔 수 없는 행운을 사기위해 거지들에게 선을 베푸는 것이다.

어쩌면 이러한 문화가 거지들의 수를 늘리는 원인일지도 몰랐다.

"콜록콜록! 감사합니다. 엘라께서 축복하실 겁니다."

대충 상인들의 수만큼 구리동전을 뿌리자 상인들은 다가오는 부랑자들을 본체도 하지 않았다. 볼 일은 다 봤다는 식의 반응에 부랑자들이 떨어져 나갔다.

동냥질이 심하면 안 좋은 꼴을 당할 수도 있었다.

용병들은 하나같이 처음부터 거지들을 무시했는데 베로카는 거지 몇 명에게 페니를 던져주었다.

그것을 지켜보던 시우도 동냥이나 해줄까 싶었지만 시우에게 페니는 없었다. 솔직한 심정으로 실링을 던져주기엔 아까웠다. 적선은 나중에 하기로 마음먹었다.

거지들이 흩어지고 조금 여유가 생기자 상인들은 말들을 멈추고 정산을 시작했다. 항구도시에서 제페스까지의 상행은 총 23일이 소요되었으므로 일일 수당이 8페니인 짐꾼들에게는 15실링 4페니가 지급되었다. 용병들에게는 일일 수당으로 1실링이 지급돼 1파운드 3실링씩 주어졌다.

다만 마법사인 베로카의 일일 수당은 20페니였는데 460페니가 아닌 480페니의 가치인 2파운드가 지급되었다. 마법사는 고급인력이었으므로 나중에 얼굴이나 알아봐 달라는 뜻으로 베푼 호의였다.

그러나 시우에게는 아무 것도 지급되지 않았다.

비공식적으로 시우가 고용한 것으로 처리된 루리에게도 수당은 지급되지 않았다.

짐꾼들과 용병들은 수당이 지급되자 자연스럽게 흩어졌다. 용병들은 무리지어 술집으로 향했고 짐꾼들은 수당 지급 받은 것을 누가 볼까 두려워하는 모습으로 골목골목으로 흩어졌다.

베로카가 자리를 뜨기 전에 입을 열었다.

"서로 나중에 성공하면 모른 체하기 없기다!"

시우는 피식 웃었다.

"그래."

그렇게 홀로 덩그러니 남은 시우는 묘한 적막감을 느낄수 있었다.

"바람 여관에서 묵고 가세요! 술과 요리가 맛 좋고, 싸고 깔끔한 여관이에요! 바람 여관에서 묵고 가세요!"

상인 일행이 들어왔단 소식을 들었는지 여관 종업원들이 나와 호객행위를 하고 있었다.

시우는 맑은 목소리의 여자 종업원이 호객하는 바람 여관으로 향했다. 다들 비슷하게 싸고 깔끔하다는 것을 강조하고 있었지만 여자 종업원이 호객하기 때문인지 신뢰가 갔다.

여관으로 들어가자 저녁 시간이기 때문에 술을 마시는 손님들로 떠들썩했다.

상행을 같이 했던 용병이 몇 보였다.

술잔을 들어 보이는 용병의 모습에 시우도 아는 체를 했지만 다가가지는 않았다.

딱히 여독이랄 것은 없었지만 일단은 좀 쉬고 싶었다.

바쁘게 술잔을 옮기던 종업원 하나를 붙잡았다.

"빈방 있습니까?"

"예. 몇 분이나 묵으시는 데요?"

"혼잡니다."

"하루 숙박 6페니, 식사 포함 1실링이에요. 며칠이나 묵으시게요?"

시우는 잠시 고민하다가 대답했다.

"일단 오늘 하루치 지급하고 매일 저녁에 갱신할게요."

"그럼 그렇게 하세요."

시우는 아이템창에서 1실링을 꺼내 돈을 지급했다. 허공에서 물건을 꺼내는 것은 주목을 받는다는 걸 이제는 알기 때문에 허리춤에서 꺼내는 척을 해야 했다.

종업원은 바쁜지 어느 방에서 묵으면 되는지 말하고 자리를 뜨려고 했다.

시우는 급하게 종업원을 붙잡고 말했다.

"식사는 지금 바로 방으로 올려주실 수 있나요?"

"예. 바로 애들 시킬게요. 올라가 계세요."

시우는 바쁘게 떠나가는 종업원을 지켜보다가 2층으로 올라갔다.

시우의 방은 2층 오른쪽, 끝에서 두 번째 방이었다.

문을 열고 들어가니 넓지도 좁지도 않은 방이 보였다.

물건은 탁자와 의자, 침대가 하나씩 있었는데 침대에 앉으니 삐걱하고 큰 소리가 났다. 딱딱하고 불편한 침대였다.

이불도 실크로 된 것만 써왔기 때문인지 불만스러웠다. 여관의 이불은 누리끼리한 빛깔이 불결해 보이고 어쩐지 눅눅한 기분도 들었다.

일부러 궁둥이를 들썩이며 삐걱거리는 소리를 내고 있으니 똑똑하고 노크하는 소리가 들려왔다.

"들어오세요."

밖에서 호객행위를 하던 여자 종업원이었다.

손에는 쟁반이 들려 있었는데 미지근한 수프와 빵 한 조각, 그리고 맥주가 한 컵 들어있었다. 시우는 그것을 받아 탁자 위에 놓았다.

시우는 거품이 올라오는 맥주잔에 시선을 빼앗기고 있었다.

정신을 차리니 종업원이 아직 나가지 않은 것을 볼 수 있었다.

"왜요?"

시우가 묻자 종업원은 조금 당황하는 눈치였다.

"식사를 마치시면 그릇은 복도에 내주세요. 그럼 편하게 머물다 가세요."

시우는 서둘러 나가는 종업원의 모습을 보고 뒤늦게 팁 문화를 떠올렸다.

괜히 미안해졌지만 어차피 지금은 페니도 없었다. 앞으로는 페니를 좀 만들어 들고 다녀야겠단 생각을 하면서 의자에 앉았다.

균형이 맞지 않아 의자가 기우뚱 거렸지만 맥주에 의식을 빼앗긴 시우는 신경 쓰지 않았다.

시우는 궁금해졌다. 이곳은 정말 현실을 상세히 구현한 곳이었다. 과연 이곳에서 맥주를 마시고 취할 수 있을까?

시우는 관심이 있었다. 그도 그럴 것이 시우는 성인이 되기 전에 병이 도져 입원을 해야 했다. 그리고 성인이 된 후로는 건강에 나쁘다는 이유로 술을 마실 수 없었다.

시우는 식사엔 시선도 주지 않고 맥주부터 맛을 보았다.

"크흐!"

미지근한 감이 없지 않았지만 목을 자극하는 탄산이 상쾌했다. 속을 뜨겁게 달구는 느낌이 마음에 들었다. 게다가 맛도 나쁘지 않았다. 특히 시우는 거품이 마음에 들었다.

시우는 수프와 빵도 맛을 보았다. 나쁘지 않았다.

종업원이 호객하던 대로 술과 요리가 맛있었다.

물론 라이나의 수프에는 따라오지 못했지만 적어도 시우가 만든 수프보다는 나았다.

식사를 마친 시우는 그릇을 복도에 내놓고 침대에 누웠다.

취객들이 웃고 떠드는 소리를 자장가 삼아 리젠을 쓰다가 잠이 들었다.

시우는 평소보다 일찍 잠에서 깨었다.

요즘 밤에 잠을 적게 자는 버릇을 들였더니 저도 모르게 일찍 깨고 만 것이다.

자세한 시간은 알 수 없었지만 해가 뜨려면 한참 걸릴 것 같았다.

시우는 리젠을 쓰면서 졸음을 쫓았다.

마력을 이용해 불을 밝히고 탁자에 앉아 책을 꺼냈다.

벌써 3일을 읽었지만 아직 포스칸 상급 검술을 다 읽지 못했다.

시우는 포스칸 상급 검술 서적을 꺼냈다가 잠시 고민 한 뒤 다시 집어넣었다.

포스칸 상급 검술도 급했지만 여기서 검을 휘두를 수는 없는 일이니 다른 책을 읽기로 했다.

아직 글을 읽는 것이 서툴러 차일피일 미뤄왔던 드라고니스 서적.

책을 펼치자 첫 장에는 책의 저자인 듀봉 프러스티에 대한 소개와 목차가 적혀 있었다.

목차.

1. 드래곤에 대해서

첫 항목은 드래곤의 상세에 대한 것이었다.

시우는 흥미를 보였다.

시우는 베로카에게 드래곤을 안다고 대답했지만 하나부터 열까지 모든 것이 다른 이곳의 드래곤이 시우가 알던 드래곤과 같은지는 확신할 수 없었기 때문이었다.

시우는 책장을 넘겼다.

듀봉 프러스티는 드래곤의 겉모습에 대해 이렇게 묘사했다.

도마뱀을 닮은 몸통, 독수리의 튼튼한 날개와 예민한 눈, 먹잇감을 찢어발기는 호랑이의 발톱과 날카로운 이빨, 두개골을 보호하듯 자란 산양의 뿔, 접근을 거부하듯 가시처럼 돋아난 전신의 비늘, 천리 바깥의 냄새와 소리조차 감지하는 늑대의 코와 귀, 그리고 마지막으로 그 이마에는 이 세상 그 어떤 예술품과도 비교할 수 없는 아름다운 보석이 박혀있다고 했다.

이마의 보석도 그렇고 시우가 알던 드래곤과는 미묘하게 달랐다. 하지만 전체적인 모습은 시우가 알던 바로 그 드래곤이었다.

시우는 계속해서 다음을 읽었다.

1-2. 드래곤의 생태에 대해서.

드래곤은 수명이 없다. 죽이지 않으면 무한히 살아가는, 생명이라고도 하기 힘든 존재가 바로 드래곤이다. 그렇기 때문에 인간들은 그들을 두려워하며 데미갓=반신이라고 칭하는 지도 몰랐다.

드래곤은 육신이 기능을 못할 정도로 파괴되거나 이마의 보석이 깨지면 죽음을 맞이한다. 또한 죽을 때는 눈물을 흘리는데 이것을 드래곤 티어라 한다. 드래곤 티어는 타원체로 모양이 굳어지며 알이 된다.

이것은 드래곤의 유일한 번식방법이다.

드래곤 티어는 주변 환경에 따라 부화시기가 천차만별인데 태어난 드래곤의 새끼는 처음부터 그들의 언어를 배운 채 태어난다.

이들의 언어는 언어가 발하는 의미를 실제로 구현하려는 성질을 갖는다.

막 태어난 드래곤의 새끼는 성인 남성의 머리통만 해 굉장히 작으며 나이를 먹음에 따라 끊임없이 성장한다.

이들은 100년에 한 번 탈피를 하는데 탈피 직후엔 10년의 동면을 갖는다. 드래곤은 동면중에 크게 성장을 하게 되는데 이러한 성장 사이클 때문에 그들의 비늘에는 100년 주기의 연륜이 생긴다.

이들이 벗어던진 허물에는 간혹 비늘이 붙어있는 경우도 있으며 드래곤 스케일이라 불리는 그것은 매우 가볍고 튼튼하며 또한 날카로워서 손잡이만 달아도 훌륭한 검이 될 수준이라고 한다.

포스칸들의 합금법에 이 드래곤 스케일을 가루로 만들어 첨가하는 기법이 있다고 알려져 있지만 드래곤 스케일을 가루로 만드는 방법도, 금속에 첨가해 단련하는 방법도 모두 미궁 속에 빠져있다.

어린 드래곤들은 첫 동면에서 깨는 순간 스스로를 성인으로 구분하며 마법을 부려 탑을 만든다. 드래곤이 생활하는 곳은 그 탑의 정상으로 그 밑에는 드래곤 자신을 보호할 수호자들을 만들어 채워 넣는다.

드래곤의 탑은 굉장히 거대하다. 그 모습이 마치 하늘을 받치듯 거대하다는 뜻에서 하늘의 기둥이라고 칭하기도 한다.

하늘의 기둥은 그 주인의 취향에 따라 각양각색의 모습을 하고 있다. 나무 탑, 금속 탑, 토양 탑, 얼음 탑 등이 관찰되었으며 수중과 공중에서도 목격되었다는 정보가 남아있다.

하늘의 기둥은 주인이 죽으면 천천히 소멸의 과정을 거친다.

이들의 이름은 고대어로 완전무결을 뜻하는 드라고니시오에서 따왔다고 한다.

1-3. 드래곤 하트에 대해서.

드래곤에게는 두 개의 심장이 있다.

여기서 다룰 드래곤 하트는 그들의 이마에 박힌 보석을 칭하는 명칭이다.

그 보석은 깨지면 죽는다는 의미에서 드래곤 하트라는 별명이 붙었다. 또한 마음에 드는 인물을 만나면 그 보석의 일부를 쪼개어 선물하는 그들 특유의 문화 때문에서도 그것을 드래곤 하트(마음)이라 부른다.

드래곤 하트는 매우 약해서 쉽게 깰 수 있다.

완전무결한 생물인 드래곤에게는 유일한 약점이기 때문에 사실상 그것을 숨기고 보호하면 손을 쓸 수단이 없다.

그러나 걱정하지 않아도 되는 이유는 드래곤 하트는 그들의 자존심이기 때문이다. 드래곤들은 그들 자신의 드래곤 하트에 자부심과 감정 이상의 의미를 가지고 있기 때문에 그것을 보이지 않게 숨기는 행동을 죽는 것보다도 싫어한다.

수명이라는 개념이 없는 드래곤들은 적적함을 달래기 위해 간혹 인간으로 둔갑하여 문화 활동을 즐기기도 하는데 이때도 역시 드래곤 하트는 숨기지 않는다.

신분을 숨길 때는 이마에서 떼어 장신구의 형태로 몸에 지니고 다닌다.

만약 하늘에서 뚝 떨어진 것처럼 갑자기 나타난 사람이 이제껏 본 적도 없는 아름다운 장신구를 한시도 몸에서 떼지 않는다면 한번쯤은 인간으로 둔갑한 드래곤일지도 모른다고 의심해봐야 할지도 모른다.

1-4. 드래곤의 성격에 대해서.

드래곤의 성격은 각양각색이나 기본적으로 오만하다.

그들의 능력을 생각하면 사실 이는 매우 자연스러운 현상이라 할 수 있으며 그 오만으로 인해 드래곤들은 자비롭다고도 말할 수 있다.

드래곤이 등장하는 동화나 소설을 보면 으레 금은보화를 밝히며 그것을 위해 귀족들을 습격하는 묘사를 자주 볼수 있는데, 이는 아주 틀린 사실이다.

드래곤은 드래곤 하트 이외의 모든 물질에 초연한 존재이다.

어째서 드래곤을 이렇게 묘사하는가에 대해서 한 유명 소설가에게 물으니 그는 이렇게 대답했다.

"세금을 불려 쓰지도 않을 재산을 태산과 같이 쌓아놓고 베풀 줄도 모르는 귀족을 풍자하기에 드래곤만큼 뛰어난 소재도 없었다."

그러나 드래곤들의 귀족습격은 실제로도 종종 발생하는 것이 사실이다.

필자는 그에 대해서 이렇게 생각한다.

어쩌면 그 귀족의 파멸은 자신도 모르는 사이에 인간으로 둔갑한 드래곤의 드래곤 하트를 흥본 대가일지도 모른다고.

이것은 사족이지만 개인적으로 귀부인들의 일주일 이상 같은 귀중품을 차고 있으면 욕을 먹는 현재의 사교회 문화로 인해 한 번 쓴 귀중품은 버린다는 개념은 없어져야 할 악습이라고 생각한다.

1-5. 드라고니스란?

드래곤은 태어나면서부터 드라고니스를 배우고 태어난다. 왜 어째서 어떻게 그런지는 드래곤 자신들도 알 수 없는 자연의 섭리였고 신이 부여한 축복이다.

드래곤의 언어인 드라고니스는 다른 언어들과는 궤를 달리한다. 다른 언어들은 목청에서 나오는 소리로 뜻을 전달하지만 드라고니스는 마음에서 나오는 마력으로 뜻을 전달한다.

소리가 공기의 떨림이라고 한다면 드라고니스는 마력의 떨림으로 발성하는 것이다.

드라고니스는 매우 아름다운 소리를 내며 마법의 효능과는 상관없이 듣는 이를 매료시킨다.

때문인지 매우 드물게 아름다운 소리를 추구하는 음유
시인이 배우지도 않은 드라고니스를 발성했다는 정보가
간혹 마법사길드에 보고되곤 한다.

드라고니스란 인간들이 드래곤의 언어를 칭하는 명칭으
로 드래곤들은 스스로의 언어를 〈하움〉이라고 칭한다.

2-1. 드라고니스의 발성법에 대해서.

…….

시우는 책을 덮고 눈을 감고 피곤한 듯 콧대를 주물렀다.

아직 얼마 읽지도 못했는데 해가 밝아오고 있었다. 이해
할 수 없는 단어를 글공부 책과 비교하며 찾아보고 의역하
느라 좀처럼 편하게 읽을 수가 없었다.

책장을 후루룩 넘겨본 시우는 넋이 나갔다. 이제 겨우
헤카테리아 대륙 공용어를 쓸 수 있게 됐는데 드라고니스
를 익히려면 새로운 언어를 처음부터 다시 공부하는 셈이
기 때문이었다.

영어도 못하는데 졸지에 3개 국어를 하게 생겼다.

시우는 고개를 저으며 책을 아이템창에 넣고 1층으로
내려갔다.

갑자기 시장기가 느껴졌다.

거기서는 여자 종업원이 취객들이 더럽힌 오물들을 정
리하고 있었다.

아침이라 그런지 손님이 적었다.

아마 현지인들은 일을 하러 출근한 모양이었다.

손님이라고 부를 수 있는 사람은 구석 탁자에 앉아 홀로 술잔을 홀짝이는 늙은이와 취해서 완전히 곯아떨어진 용병들 몇이 전부였다.

여자 종업원이 시우를 알아보고 고갯짓을 했다.

"안녕히 주무셨어요?"

시우는 뒷머리를 긁었다.

"어제는 미안했습니다. 제가 아직 팁 문화에 적응을 못 해서요."

여자 종업원은 시우의 변명에 쓰게 웃었다. 시우의 겉모습이 이국적이기는 하나 팁 문화가 낯설다는 것은 그녀로선 이해할 수 없는 변명이었다.

"식사는 지금 바로 하시겠어요?"

"네. 맥주는 한 잔에 얼마나 하죠? 추가 주문을 하고 싶은데요."

"두 잔에 1페니에요."

맥주잔은 대략 500밀리리터의 용량이었다. 생각보다 가격이 쌌다.

몬스터과 횡행하는 이곳은 성벽 바깥에서 흐르는 개울에 마음 놓고 나갈 수도 없어서 물이 귀하다.

물론 우물물이 있었지만 우물은 경우에 따라 오염되는

경우가 종종 있었다. 이를 테면 얕은 우물이 그랬다. 우물이 얕으면 변소 또는 가축으로부터의 오물에 오염되는 위험성이 있었고, 종종 전염병의 집단발생 원인이 우물에서 이루어진다는 자각이 있기 때문에 우물물은 식수로 잘 쓰이지 않았다.

격언으로는 '깊은 물이 깨끗하다.' 는 말이 있을 정도로 식수에 예민했다.

물을 끓여먹는다는 개념은 귀족들의 차 문화가 전부였기에 이러한 현상은 더했다.

때문에 이들에겐 맥주가 식수의 대용이었고 그만큼 여관이나 각종 술집에서 대량으로 만들면서 쌀 수밖에 없었다.

시우는 맥주를 두 잔 추가 주문하면서 1실링을 지불했다. 거스름돈으로 11페니가 나오자 시우는 즉시 어제의 몫도 포함한 2페니를 팁으로 건넸다.

당분간은 여관에서 신세를 져야할지도 모르는데 그곳의 종업원에게 구두쇠로 낙인찍히는 일은 사양하고 싶었다.

종업원의 당연하다는 태도가 쌀쌀맞았지만 시우는 털어내고 식사를 시작했다.

맥주 3잔을 전부 마시자 조금은 취하는 느낌이 들었다.

아직 몸이 어리기 때문인지, 맥주의 도수가 높은 건지는 알 수 없었다.

정신을 차리기 위해 리젠을 사용하니 놀랍게도 날숨으로 취기가 빠져나가는 것을 확인할 수 있었다.

뱃속에서 뽀글거리는 탄산 때문에 끄윽하고 조심스레 트림을 내뱉은 시우는 여관을 나섰다.

다음에는 마법으로 조금 차갑게 해서 마셔보자는 생각을 하면서.

여관을 나온 시우는 세실강 한손검을 허리에 차고 제페스를 돌아다녀보았다.

어제도 생각했던 것이지만 제페스엔 부랑자가 굉장히 많았다. 시우가 지나갈 때면 바가지를 들이미는 모습에 어제는 하지 못했던 적선을 해볼까 고민했다.

그때 시우의 시야로 낯익은 아이들이 보였다.

루리와 로이, 상행을 같이 했던 여자 짐꾼과 그 동생.

동료 짐꾼들에 비해 적게 받기는 했겠지만 분명 13실링 가량의 돈이 있을 텐데 왜 저러고 있는 걸까.

시우는 잠깐 걸음을 멈춰 섰다.

그때 루리가 고개를 들었다. 시우와 시선이 마주친 그녀는 조금 놀란 표정이었다.

가만 생각해보니 부랑자가 이렇게 많으면 짐꾼으로 고용되는 것도 엄청난 경쟁력을 필요로 할 거라는 생각이 들었다.

언제 또 그런 일자리가 생길지는 아무도 모른다. 그렇게 생각하면 13실링이 많은 돈은 아니었다.

시우는 안쓰러운 생각이 들었다. 눈도 녹고 슬슬 날씨가
풀리기 시작했지만 아직도 새벽에는 추위가 만만찮았다.

시우는 2실링을 꺼내들었다.

짐꾼들의 일일 수당은 8페니. 비공식적으로 루리는 시
우에게 3일간 고용된 상태였으니 급여는 2실링이었다.

"그때는 미안하게 되었다."

시우는 그녀의 앞에 놓인 바구니에 2실링을 던져 넣고
빠르게 걸음을 옮겼다.

뒤에서 시우를 부르는 루리의 목소리가 들렸지만 돌아
보지 않았다.

시우는 내벽으로 향했다.

대충 외성을 둘러보았지만 원하는 것을 찾을 수가 없었
다. 그래서 향한 내성이었는데 내성문 너머로 옷가게가 보
였다.

시우가 찾던 것이 바로 옷가게였다.

반가움이 앞서 걸음을 재촉하니 누군가가 시우를 막아
세웠다.

경비병이었다.

"안으로 들어가려고? 시민권은 가지고 있는가?"

별다른 행동을 한 것도 아닌데 통행을 방해받은 시우는
당황했다.

"아뇨."

"이 앞으로는 시민권을 가진 사람밖에 통행하지 못한다. 물러나도록."

경비병은 창을 내세우며 고압적으로 통보했다.

시우는 다시 내성문으로 시선을 던져보았다. 거리가 깨끗하고 부랑자도 없었다. 제대로 관리가 되면서 치안이 잘 유지되고 있다는 인상을 받았다.

부랑자와 용병, 이방인이나 범죄자들로 외성의 치안은 언제나 불안했다. 간혹 코리나 쟈탄이 성벽을 타고 넘어오는 경우도 있다. 때문에 영지민들을 지킬 대책으로 외벽 내에 내벽을 다시 세우고 내성으로의 통행을 관리하여 치안을 지키는 모양이었다.

"그 시민권은 어떻게 구하죠?"

시우가 한 걸음 물러나며 묻자 경비병들은 경계를 풀었다.

시우는 칼을 차고 있었지만 아직 어린 소년의 모습이었다. 경비병은 시우만한 아들이 있었다.

"그야 시청에 가서 사야지. 하지만 제법 비싸니 아마 어려울 것이다."

"얼마나 하는데요?"

"3파운드."

시우는 난색을 표했다.

구하려고 하면 어려운 금액은 아니었지만 시우는 내성에서 생활할 생각이 없었다. 단순히 통행료로 지불하기에는 너무 비싼 금액이었다.

잠시 고민하던 시우가 다시 물었다.

"외성에서 집을 구하려면 어디를 찾아가야 할까요?"

"영지 내의 모든 재산은 영주님의 것이다. 그리고 그 재산을 관리하는 것은 공무원의 권한이지. 그 또한 시청에 찾아가면 될 것이다."

시우는 고개를 끄덕였다.

"혹시 외성에도 의류점이 있을까요?"

경비병은 끝까지 사무적인 말투로 시우의 질문에 답해주었다.

시우는 잡화점으로 향했다.

외성에는 의류만 따로 다루는 가게가 없었다. 연이어 로브를 살만한 곳은 없냐는 질문을 하자 잡화점에서 로브를 구입할 수 있을 거라는 경비병의 조언을 받을 수 있었다.

잡화점으로 들어가자 꾸벅꾸벅 졸던 가게 주인이 화들짝 잠에서 깨었다.

"어서 옵쇼. 무엇을 도와드릴까요."

"여기서 로브도 파나요?"

시우가 주변을 두리번거리며 물었다.

잡화점은 식기나 가구, 의류 등의 생필품들을 팔고 있었
다.

잡화점 주인은 시우를 위아래로 훑어보더니 말했다.

"9실링짜리와 18실링짜리가 있긴 한데."

"그럼 보여주세요."

잡화점은 조금 귀찮아 보이는 표정으로 창고로 향하더
니 비교적 작은 사이즈의 로브를 2개 들고 나타났다. 디자
인은 비슷했지만 결정적으로 원단이 달랐다.

시우는 로브에서 나는 곰팡내에 인상을 찌푸렸다. 시우
가 그러거나 말거나 잡화점 주인은 로브를 툭툭 털며 먼지
를 일으키고 있었다.

"사겠어?"

시우는 두 로브를 만져보고 바로 선택했다.

고급 로브의 원단이 베로카가 입고 있던 것과 흡사했다.
애초에 로브를 사려는 이유가 마법사라는 티를 내려는 것
이었기에 시우는 쉽게 결단을 내릴 수 있었다.

"이게 18실링이라고 했나요?"

그것을 사겠다는 투로 질문하는 시우의 모습에 잡화점
주인이 의외라는 표정을 지었다. 아직 어린 시우의 모습에
싼 로브를 살 것이 틀림없다고 생각하고 있던 탓이었다.

"그래. 18실링이지."

시우는 잠시 고민하다가 입을 열었다.

"15실링 드릴게요."

잡화점 주인이 인상을 찌푸렸다.

"어째서."

"곰팡내가 너무 심해요. 어차피 팔리지도 않던 물건이죠?"

잠시 고민하던 잡화점 주인은 고개를 끄덕였다.

"그럼 15실링만 내."

시우는 의외로 흥정이 통하자 싱긋 웃으며 1파운드를 지불하고 5실링을 거슬러 받았다.

시우는 로브를 입어보려다 말고 세계수의 가지를 꺼내 들었다.

"[물이여 몰아쳐라. 레이징 웨이브.]"

그러자 세계수의 가지에서 물줄기가 솟아 나왔다.

원래는 강력한 물보라를 일으키는 공격 마법이었지만 소모 미력을 줄여 식수를 만들 때 쓰고 있었다.

그것을 본 잡화점 주인이 화들짝 놀랐다.

"마, 마법사셨습니까?"

얼마나 놀랐는지 어린 시우에게 경어를 쓸 정도였다.

시우는 신경 쓰지 않고 뽑아낸 물줄기에 인력을 작용시켜 허공에 뭉쳐놓았다.

거기에 로브를 던져 넣고 주문을 외웠다.

"[바람이여 쓸어버려라. 허리케인.]"

처음에는 약하게, 허공에 뭉친 물방울이 회전하기 시작하자 점차로 주입되는 마력량을 늘렸다. 그러자 로브를 둘러싼 물방울이 매섭게 회전하기 시작했다.

한 동안 그렇게 시간을 보내고 로브를 꺼내니 곰팡내가 제법 제거되었다.

시우는 로브를 탁탁 털어 물기를 제거하고 걸쳐보았다.

사이즈는 적당해서 밑단이 딱 발목까지 늘어졌다.

아직 물기가 남아있어 축축했지만 일광소독을 겸해 햇볕에 말리면 문제는 없을 것 같았다.

시우는 로브를 아이템창에 넣고 잡화점을 나왔다.

다음에 들를 곳은 용병길드였다.

지금은 테트라에서 벌어들인 돈도 남아있지만 앞으로도 이곳에서 지내려면 일을 할 필요성이 있었다.

포션을 팔아볼까 고민도 해봤지만 포션은 만약의 경우를 위해 남겨두기로 마음먹었다. 50레벨제한 생명력회복 포션도 있기는 했지만 아직 시우의 레벨은 41이었고 10레벨제한 포션도 이제 50개밖에 남아있지 않았다.

시우는 사람들에게 물어서 길을 찾았다. 용병길드는 건물이 제법 커서 찾기가 어렵지 않았다.

용병길드와 거리가 가까워짐에 따라서 대장간, 무기점, 여행물품을 파는 잡화점 등 그 거리의 특색이 바뀌어 갔다.

시우는 무심하게 무기점을 지나치다가 걸음을 멈췄다.

시우에겐 세실강 한손검이 있었다. 포스칸 제일의 기술력이 축약된 최고의 검을 가진 시우가 관심을 보일만한 검이 있을 리 없었다. 하지만 활이라면 이야기는 달랐다.

연노궁의 장전속도와 사거리, 관통력은 단연 뛰어난 것이었지만 카스탄과의 전투에서 느꼈던 허탈감은 아직도 꿈으로 보는 악몽이었다.

시우는 무기점으로 발걸음을 돌렸다.

"어서 옵쇼."

수염을 덥수룩하게 기른 무기점 주인이 힘차게 인사하고 실망한 표정을 지었다. 손님이라고 좋아했더니 웬 꼬맹이가 걸어 들어왔기 때문이었다.

"쉬! 쉬! 구경하러 온 거면 나가. 아저씨 귀찮다!"

파리 쫓듯 휘두르는 손짓에 시우는 빨리 로브를 말려야겠다고 생각했다. 어린 모습은 어쩔 수 없어도 무려 15실링이나 하는 값비싼 옷을 입고 다니면 대우가 달라질 것이다.

시우는 마법사라는 사실을 알고 표정이 바뀌었던 잡화점 주인을 떠올렸다.

시우는 대화의 편의를 위해 세계수의 가지를 꺼내들어 마법을 부렸다. 무언가 무거운 것이 없을까 두리번거리던 시우가 양산용 철검이 가득 담긴 상자를 집어 들었다가 내려놓았다.

그것을 지켜본 무기점 주인은 기가 죽었다. 저 상자 하나가 무려 120킬로그램을 넘어간다. 그것을 가볍게 들었다 내려놓는 모습은 확실한 무력시위가 되었다.

"마, 마법사였어? 거, 어린 분이 대단하시구려."

하지만 무기점 주인은 비굴해지지 않았다. 마법사라는 걸 알고 겁은 집어먹어도 얕보일 수는 없었다. 이 업종은 얕보이면 끝장이었다.

시우는 그러거나 말거나 상관없었다.

"활을 찾고 있습니다."

시우가 정중하게 말하자 무기점 주인의 표정이 바뀌었다. 무력시위를 하는 모습에서 행패라도 부리면 어쩌나 걱정을 하던 차였다. 시우에게 그럴 생각이 없어 보이니 난봉꾼에서 좋은 손님으로 바뀌어 보였던 것이다.

자고로 마법사들은 돈이 많은 좋은 손님이었다.

"어떤 활을 찾소? 다루기 쉬운 것을 찾는다면 크로스 보우가 좋지만 활에 조예가 있다면 단궁을 추천 드리오. 마침 장인으로부터 들인 물건이 있으니 한 번 둘러보시오."

시우는 왼쪽 눈을 가리고 둘러보았다.

사실 무기라 하면 최고봉은 포스칸의 물건을 꼽지만 활의 이야기가 되면 또 달라졌다.

포스칸의 뛰어난 무기 제조 능력은 합금제조와 대장기술에 한정된 이야기로 활만을 놓고 보자면 인간의 기술력이 포스칸의 그것을 압도적으로 능가했다.

그도 그럴 것이 포스칸들은 강인한 생명력을 이용한 근접전투를 즐기며 코리의 독 따위는 기합으로 견뎌내는 괴물들이었다. 반면에 인간들은 대륙 전역에서 활동하는 코리를 경계할 수밖에 없었고 우거진 숲 속에서 코리를 상대하기 위해선 활의 연구가 계속될 수밖에 없었다.

그러한 연유로 시우는 무기점을 둘러보며 감탄했다. 테트라에서 대장간의 잡역부도 해보며 포스칸의 활도 많이 보았지만 이곳의 활들은 전부 포스칸의 활을 월등히 앞서는 공격력을 지니고 있던 것이다.

그러나 시우가 찾는 활은 없었다.

시우는 기대하지 않으며 물었다.

"카스탄의 가죽도 꿰뚫을 만큼 강력한 활을 찾고 있습니다. 혹시 있습니까?"

무기점 주인이 묘한 표정을 지었다.

확실히 여기에는 카스탄을 사냥하는 용도로 제작된 괴짜 활이 있었다. 하지만 아무도 사지 않았다. 아니, 못했다. 그리고 저 마법사도 살 수 있을 것 같지는 않았다.

"있기야 있소만 그것이……."

시우는 깜짝 놀랐다.

"있습니까?"

무기점 주인이 고개를 끄덕였다.

"보여주세요."

시우가 안달을 하자 무기점 주인도 어쩔 수 없었다. 시우는 그저 간절할 뿐이었지만 그가 느끼기에 활을 보여주지 않으면 가게를 박살낼 것 같은 표정이었다.

무기점 주인이 들고 나온 활은 몸체가 반들거리는 검정색이라는 것을 제외하면 굉장히 평범하게 생긴 것이었다.

대단히 큰 장궁이거나 독특한 모양의 활을 상상하던 시우는 고개를 갸웃거렸다.

겉으로는 그 활을 가늠할 수 없었다. 확실하게 확인하려면 아이템을 타겟팅 해보는 것이 최선이었다.

시우는 왼쪽 눈을 가렸다.

드래곤 페더 보우

공격력 3852

내구력 (532/560)

설명- 드래곤 깃털이라고 이름 붙은 드래곤의 날개 부위 비늘을 이용해 만든 검은색의 활. 하늘을 나는 것에 특화된 비늘인 드래곤 페더는 매우 가볍고 탄력적이다. 이를 손에 넣은 이름 높은 조궁장이가 만들었다. 대형 몬스터 사냥용 최고급 활.

시우는 할 말을 잊었다.

너무 굉장해서 말이 나오지 않았다.

포스칸의 가죽을 뚫는 정도가 아니라 화살만 튼튼하면 관통시키는 것도 가능한 수준의 공격력이었다.

"얼마죠?"

시우는 현재의 소지금으로 살 수 있을지 불안해하며 물었다.

"아, 일단 가격이 문제가 아니라 이 활을 팔려면 조건이 필요하오."

"조건이요?"

"이 활을 만든 조궁장이가 시위도 당기지 못하는 사람에겐 팔지 말라더구려."

시우는 고개를 주억거렸다.

딱히 레벨제한이나 어떠한 조건이 적혀있진 않았지만 활의 공격력이 저렇게 높으려면 웬만한 근력으론 시위를 당기는 것조차 힘들 것이라는 생각이 들었다.

시우는 무기점 주인에게 활을 넘겨받고 시위를 당겨보았다.

"흐읍!"

그러나 활은 티도 안날 정도로 약간 휘고 끝났다. 지금의 근력으로는 도무지 그것을 당길 엄두가 나지 않았다.

"죄송하지만 시위를 당기지 못하면 팔 수가 없습니다."

시우는 아쉬웠다. 정말 탐이 나는 활이었다.

뭔가 방법이 없을까 고민하다가 세계수의 가지를 꺼내 들었다.

무기점 주인이 화들짝 놀랐다.

"아, 아무리 협박해도 조건은 조건이오! 팔 수 없소이다!"

그러나 시우는 그에게 눈길조차 주지 않았다.

왼손에 드래곤 페더 보우를 들고 오른손에 세계수의 가지를 들었다.

세계수의 가지를 활의 시위에 대었다가 숨을 크게 들이마셨다.

"흐으읍!"

세계수의 가지에 인력을 발생시켜 당겼다. 시우의 근력과 마법의 인력이 하나가 되어 활시위를 당기기 시작했다.

세계수의 가지에서 발생하는 인력에 왼손이 딸려가기 시작하자 시우는 왼쪽 손등에도 인력을 발생시켰다.

처음엔 꼼짝도 않던 활시위가 그 강력한 힘에 굴복하여 조금씩 당겨지기 시작했다. 활의 검은 몸체도 점차로 굽어갔다.

시우는 활시위를 당긴 채 자세를 잡았다. 화살을 걸어 쏘는 것은 좀 더 연습을 해야겠지만 일단 시위를 당기는 것은 해낼 수 있었다.

무기점 주인이 넋을 놓았다.

"저, 정말 저걸 당기는 사람이 나오다니……."

저 활이 이 무기점에 들어온 것도 벌써 10년 전의 이야기였다. 아무도 당기지 못해 창고에 굴러다닌 것만 7년, 드디어 드래곤 페더 보우의 주인을 찾을 수 있었다.

시우는 조심스럽게 활시위를 놓고 한껏 상기된 표정으로 물었다.

기분이 더없이 좋았다.

"얼마죠?"

"20……."

시우의 표정이 찌푸려졌다.

무기점 주인은 단숨에 가격을 바꿨다.

"10 아니, 7파운드. 7파운드에 넘기겠소!"

무기점 주인은 파격적인 할인을 해주었다.

지금 이 손님을 놓치면 앞으로 얼마나 시간이 지나야 주인을 찾을 수 있을지 알 수 없는 물건이었다. 그도 나름대로 상인의 도리가 있었으니 조궁장이가 내세운 조건이 맞지 않는 사람에겐 팔고 싶지 않았다.

…결코 시우의 표정에 겁을 먹은 것은 아니었다.

시우는 흔쾌히 7파운드를 지불했다.

시우는 1파운드를 더 지불하고 9실링짜리 고급화살통과 화살을 구입했다.

예상치 못했던 지불에 돈주머니는 가벼워졌지만 시우는 만족스러웠다.

Respawn

NEO FUSION FANTASY STORY & ADVENTURE

8장.

용병이 되다

리스폰

무기점에서 나온 시우는 남은 돈을 헤아려 보았다.

3파운드 11실링 9페니.

제페스에 도착한 지 하루만에 10파운드 가량을 쓰고 말았다.

시우는 가벼워진 돈주머니를 아이템창에 챙기며 용병길드로 향했다. 돈도 두둑하니 당분간은 푹 쉴 생각이었는데 그럴 여유가 없어졌다. 한시라도 빨리 일자리를 찾아야만 했다.

시우는 용병길드의 대문 앞에 섰다.

용병길드의 대문은 석재 담에 높이가 5미터나 되는 철재 문으로 만들어져 있었다. 문은 활짝 열려 자유롭게 드나들 수 있었다.

시우가 용병길드로 들어서자 용병들의 시선이 모였다. 검은 머리에 검은 눈, 황색 피부는 어디를 가나 시선을 모으는 독특한 외모였다.

잠깐 걸어 건물로 들어가니 더욱 많은 용병들이 보였다.

검과 도끼 해머나 활 등의 무기를 찬 근육질의 덩치들이 가득 늘어선 광경은 제법 위압적이었다.

시우는 왼쪽 눈을 가리고 용병들을 살펴보았다.

대부분의 용병들은 10 언저리의 레벨을 가지고 있었다. 그렇다고 강한 용병이 없는 것도 아니었다. 특히 시우를 놀라게 한 것은 의외로 원력을 각성한 익시더가 많다는 것이었다.

시우는 내색하지 않으며 마음을 다스렸지만 얼굴에 떠오른 불편한 기색은 어쩔 수가 없었다.

복도를 걷다보니 용병들을 상대하는 접수처가 보였다. 시우는 걸음을 재촉했다.

"저기요."

"으응? 무슨 일이지?"

접수처의 사무직원은 지루하다는 표정으로 턱을 괴고 있었다.

"용병 등록을 하러 왔습니다만……."

어쩌면 좋냐는 의미로 말끝을 늘이니 사무직원이 서류

를 꺼내들며 물어보았다.

"글은 읽을 줄 아시우?"

"예."

"그럼 이 서류를 작성하시우. 거기 희망수당금은 공란으로 냅두시우. 혹시라도 제멋대로 적으시면 재작성해야 되니까 알아서 조심하시우. 재작성할 경우 서류비용으로 10페니를 추가 지불해야 하니 그리 아시고."

시우는 잉크병과 날짐승의 깃털로 만들어진 깃펜을 받아들며 고개를 끄덕였다.

시우는 이름과 나이를 적는 공란에 헤카테리아 대륙 공용어로 체슈 16세라고 적어 넣었다. 실제 정신 나이는 더 많으나 이 육체는 지금 16세 정도의 나이였다.

시우는 다음 공란을 확인하고 뒷머리를 긁었다.

다음에 비어있는 공란에 〈병과〉를 적으라는데 그게 무슨 뜻인지 몰랐기 때문이었다.

시우가 병과를 적지 못하고 덤벙거리자 사무직원이 시우에게서 깃펜을 빼앗았다.

"내 그럴 줄 알았시우. 모르면 모른다고 할 것을, 에잉!"

시우는 면목이 없어서 쓰게 웃었다.

"〈병과〉가 무엇이우?"

사무직원이 물었지만 시우는 알아들을 수 없었다.

"죄송하지만 〈병과〉가 뭐죠?"

시우의 질문에 사무직원이 그것도 모르냐는 표정으로 시우를 노려봤다.

"검사유 궁수유 아니면 마법사유?"

시우는 그제야 알아듣고 고개를 끄덕이고 잠깐 고민했다.

어제 시우가 지켜 본 바로는 검사나 궁수나 수당에 차이는 없어보였다. 그에 반해 베로카의 수당은 제법 컸었다.

"마법사입니다."

시우의 대답에 사무직원이 잠깐 놀란 표정을 지었다. 하지만 금방 의심스런 표정을 지었다. 겉모습만 보고 사람을 판단할 수는 없는 일이지만 시우는 어떻게 보아도 마법사라는 느낌이 들지 않았다.

"허리에 찬 검은 뭐유? 설마 수당 많이 받겠다고 거짓부렁을 하는 것은 아니겠지유?"

"검도 쓰고 활도 쓰고 마법도 써요. 다 쓸 줄 아니 수당 많은 마법사라고 한 거고요."

사무직원은 의심쩍다는 표정을 숨기지 않았지만 일단 시우가 말한 대로 병과에 검사, 궁수, 마법사를 전부 적어 넣었다.

"일단 말씀하시는 대로 적지만 이거 거짓부렁이면 벌금 물어야 되유. 임무수행 중에 뽀록나면 목이 날아가도 할 말 없어유."

사무직원이 협박 같은 경고를 해줬지만 시우는 켕길 것

이 하나도 없었다.

"그럼 다음은 경력이우. 어떤 검술관에서 어떤 검술을 수료했는지, 기간은 얼마나 연습해 왔는지 그런 것들을 적으면 되유."

시우는 사무직원이 적을 수 있게 천천히 말했다.

검술은 포스칸 기초 검술을 수료했다고 말하고 활과 마법은 잠시 머뭇거리다가 반년 동안 연습했다고 거짓말을 했다.

활도 마법도 수준 이상의 실력이라고 자부하는데 그깟 경력이라는 말로 저평가 받고 싶지는 않았다. 게다가 실력만 받쳐 주면 결코 들통 나지 않을 거짓말이었다.

사무직원이 마법은 어디서 배웠냐고 물었다. 시우는 독학이라 대답했고 사무직원은 그것을 그대로 적었다.

당연히 의심이 들었지만 거짓을 적발하는 것은 사무직원의 일이 아니었다.

사무직원은 빠르게 다음 항목들을 적어갔다.

성별 남성, 검은 머리에 검은 눈, 황색 피부의 이색적인 외모, 키 8.5뼘, 호리호리한 체형.

사무직원이 서류를 들어 보이며 틀린 사항이 있냐고 묻자 시우는 고개를 저었다.

사무직원은 희망수당금의 항목을 보며 잠시 고민하다가 마법사의 최저 수당인 20페니를 적어 넣었다.

그것을 뒤에 앉아서 꾸벅꾸벅 졸던 꼬맹이한테 넘겨주자 꼬맹이가 조각칼을 꺼내들어 나무를 파내기 시작했다.

이름과 병과, 생김새를 대충 적어 넣은 용병증이었다. 뒷면에는 용병길드의 마크인 방패 위로 검과 화살이 가로지르는 문양이 새겨져 있었고 입회 날짜와 길드지부의 위치를 적어 넣었다.

"검사나 궁수의 입회비는 6실링. 마법사의 입회비는 10실링이우."

사무직원은 마치 이래도 마법사로 등록하겠느냐는 듯 물었다. 시우는 계속해서 의심의 눈빛을 보내는 사무직원의 모습이 짜증나 10실링을 지불하고 빼앗듯 용병증을 받아갔다.

용병길드를 나서고 보니 점심때가 되었다.

의류점을 찾는다고 돌아다니느라 시간을 너무 보낸 탓이었다.

시우는 바람 여관으로 돌아왔다. 점심때라서 그런지 식사를 하러온 손님들로 여관이 북적거렸다.

빈자리를 찾아 앉으니 종업원이 다가왔다.

"무엇을 드릴까요?"

"여기 5호실에 묵는 사람입니다. 점심 좀 부탁할 수 있을까요?"

"예. 5호실 점심 말씀이시죠? 잠시만요."

시우는 옆자리에서 식사를 하는 손님을 보고 종업원을 급하게 불러 세웠다.

"저기요! 괜찮으면 오리구이와 맥주 2잔을 추가 주문하고 싶습니다만……!"

"예! 오리구이랑 맥주 추가 주문 받았습니다!"

시우는 의자 등받이에 몸을 맡기며 푹 늘어졌다. 익숙하지 않은 일을 하려니 무척 지치는 느낌이 들었다.

잠시 그러고 있던 시우는 리젠을 사용했다.

안 그래도 아침부터 마법을 사용한다고 제법 마력을 소모했기 때문이었다.

시우가 마력을 전부 회복할 즈음 종업원이 쟁반을 들고 나타났다.

"추가주문 오리구이 한 접시 1페니, 맥주 두 잔 1페니, 합쳐서 2페니 되겠습니다."

시우는 팁까지 3페니를 지불했다.

"감사합니다! 맛있게 드세요!"

시우는 일단 맥주에 마법을 부렸다.

"[불꽃마저 얼어붙는다. 프리징.]"

보글보글 올라오던 맥주의 거품이 그대로 살얼음이 되었다. 그대로 잔을 기울여 맛보니 확실히 차게 먹는 것이 더 맛있는 기분이 들었다.

시우는 오리구이를 맛보았다. 옆에 앉은 손님이 너무 맛있게 먹기에 따라 시켰는데 오리구이는 퍽퍽하고 간이 되어 있지 않아 그다지 맛은 없었다. 다만 그것을 먹고 나니 빵을 먹을 생각은 사라질 정도로 포만감이 들었다.

시우는 맥주를 마저 마시고 빵을 아이템창에 챙겼다. 배가 불러 수프는 먹을 수가 없어 남길 수밖에 없었다. 남는 그릇이라도 있다면 그것도 아이템창에 챙겼겠지만 그런 것은 없었다.

시우는 방으로 올라가 창밖으로 축축하게 젖은 고급 로브를 널어놓고 바람 여관을 나왔다.

이제는 집을 알아볼 차례였다. 남은 돈이 얼마 되지 않아 걱정이 컸지만 알아볼 수 있는 것은 미리 알아볼 생각이었다.

사람들에게 물어보니 시청은 내성에 하나 외성에 하나가 있었다. 시우는 외성의 시청을 찾아갔다.

시청의 건물은 제법 크고 화려해 어쩐지 들어가기가 꺼려졌다.

잠시 머뭇거리다가 문을 열고 들어가니 긴 복도 끝에 접수처가 있는 것을 볼 수 있었다.

접수처로 다가가니 시청의 여성 사무직원이 물었다.

"무슨 일로 찾아오셨습니까?"

"집을 한 채 구하고 싶습니다만……."

시우의 말에 사무직원이 시우를 위아래로 훑어보았다. 시우의 능력이 얼마나 되는지를 가늠하려는 것이었다.

시우의 육체 나이는 16세였지만 겉으로 보이는 것은 더욱 어려 보였다.

사무직원은 고개를 끄덕이더니 말했다.

"마침 싼 집이 몇 개 비어있습니다. 한 달에 30페니입니다. 구경해보시겠습니까?"

시우는 생각보다도 싼 값에 고개를 갸웃거렸다.

"크기가 얼마나 되죠?"

"3*5키 정도 됩니다."

시우는 낯선 길이단위에 잠시 생각에 잠겼다.

1키의 길이가 이곳의 남성 평균키인 180센티미터 정도였으니 세로가 540센티미터, 가로가 900센티미터 정도 되었다.

그것을 다시 평수로 계산해보면 15평정도가 된다는 걸 알 수 있었다.

길을 걸으며 보았던 작은 판잣집이 딱 그 정도 크기였다.

담도, 딱히 마당이라고 할 공간도 없는 다 허물어져 가던 집들이 떠올랐다.

시우는 고개를 저었다.

"되도록이면 담이 세워져있고 마당이 있는 집이 좋겠습니다."

시우의 말에 사무직원의 표정이 묘해졌다.

"그런 집이라면 공무원님을 불러야 합니다만……."

시우는 공무원이라는 직책에 존칭인 님을 붙이는 게 어색하게 느껴졌지만 그러려니 했다.

"그럼 부르세요."

시우는 왜 안 그러냐는 표정으로 말했다.

사무직원은 잠시 당황하더니 어쩔 수 없다는 듯 자리에서 일어났다.

잠시 후 2층에서 사무직원과 함께 공무원이 내려왔다. 시우는 예상치 못했던 공무원의 모습에 당황했다.

아주 강력하게 자신이 비노동자임을 주장하는 불편한 복장과 화려한 장식품으로 덕지덕지 치장한 뚱땡이가 걸어 내려왔던 것이다.

시우의 기억에 남아있는 공무원은 개처럼 열심히 일하고 개처럼 욕먹는 직종이었다. 하지만 그것은 현대의 공무원이 그랬다는 것이지 이곳의 공무원이 그렇다는 이야기는 아니었다.

공무원이란 영지의 사무를 맡아 관리하는 시청의 주인이었다. 그리고 그것은 다시 말하면 영주의 대행이라는 의미도 되었다.

공무원은 영주를 대신해서 영지민들의 세금을 거둬들이는 입장이었다. 그러다 보니 영지민들의 반감을 살 수밖에 없었다. 어쩔 수 없이 영주들은 공무원들에게 병력의 지휘권을 허락하였고 그것은 압제적인 통치로 나타나며 그만큼 강력한 권력을 가진 직종이 된 것이다.

그렇다고 그들의 봉급이 많은 것은 아니었는데 권력을 손에 넣은 공무원들은 부족한 봉급을 세금을 조금씩 높여 받는 것으로 재산을 쌓았다.

이는 당연히 심각한 범법행위였다. 그러나 세금만 제때 올라온다면 그것을 신경 쓸 영주는 몇 되지 않았다.

그런 속사정을 알 수 없는 시우는 값비싼 장식품으로 치장을 한 공무원의 모습에 크게 당황할 수밖에 없었다.

"그래. 집을 찾고 있다고?"

"아, 예. 담과 마당이 있는 집으로……."

시우를 위아래로 훑어보던 공무원은 시우의 말이 끝나기도 전에 대답했다.

공무원이 보기에 시우는 세상 물정 모르는 노련님이었다.

"1파운드."

"…크기가 얼마나 되는 집이죠?"

공무원이 사무직원을 돌아보자 그녀가 대답했다.

"4*8키입니다."

시우가 골똘히 생각에 잠겼다.

대충 계산해보니 30평짜리 집인 듯했다.

시우는 고개를 갸웃거렸다. 아무리 담과 마당이 있다지만 15평짜리 집이 30페니라더니 30평짜리 집이 1파운드가 될 수 있단 말인가?

가격이 무려 8배나 껑충 뛰었다.

"너무 비싼데요?"

"영주님께서 정하신 세금인데 어쩌겠나. 그래서 못 내겠다고?"

시우는 눈살을 찌푸렸다.

"집을 보고 결정해도 될까요?"

공무원은 귀찮은 표정을 짓더니 고개를 끄덕였다. 10실링짜리 집을 1파운드에 세들일 수 있다면 잠깐 다리품을 파는 것쯤은 문제가 아니었다.

공무원은 경비병을 대동하고 앞서 걸었다.

경비병에 둘러 싸여 걸으니 끌려가는 기분이 들었다.

마침내 도착한 집은 생각하던 것보다 나았다. 집은 튼튼하게 지어졌고 담도 제법 높았다. 무엇보다 마당이 넓어서 검술을 연습하기에 적합해 보였다.

집안도 30평이라 들은 것 치고 굉장히 넓어보였다. 가구가 아무것도 없어서 새로 마련을 해야 한다는 것이 흠이었다. 그러나 가격을 제외하곤 대체로 마음에 드는 집이었다.

"10실링 드릴게요."

시우가 말하자 공무원의 눈썹이 꿈틀거렸다.

딱 이 집의 월세가 10실링이었기 때문이었는데 시우의 표정을 보니 우연하게 맞춘 듯했다.

"18실링."

공무원이 별말 없이 가격을 줄이자 시우는 좀 더 흥정을 할 수 있다고 생각했다.

"12실링."

"16실링. 더는 안 돼."

"14실링이면 충분해 보이는데요."

공무원은 잠깐 고민했다.

몫이 줄어 아쉽긴 했지만 한 달에 4실링이나 이득이 남으니 나쁜 거래는 아니었다.

"좋아. 그럼 여기에 서명하게."

시우는 공무원이 내미는 서류를 확인해 보았다.

제법 많은 내용이 적혀있지만 이 집은 영주의 소유이므로 집이 상하면 얼마의 돈을 물어야하며 매월 며칠에 월세를 받으며 제때 세금을 지불하지 못할 시 집안에 있는 재산은 영주에게 귀속된다는 내용들이었다.

시우는 서명란에 체슈라 적어 넣고 14실링을 지불했다.

"제페스에 잘 오셨소."

공무원은 사무적인 인사를 남기고 서류를 고이 말아 떠나갔다.

시우는 공무원의 뒤를 따르는 경비병들을 바라보다 새삼스러운 기분으로 집안을 거닐었다.

이제는 시우가 지낼 시우의 집이었다.

그렇게 생각하니 괜히 기분이 들뜨기 시작했다.

시우는 내친김에 마당에서 포스칸 상급 검술을 연습하다가 바람 여관으로 돌아갔다.

새 집에서 자고 싶은 마음은 굴뚝같지만 아직 침대는커녕 의자 하나 없었다.

내일 잡화점에 들려서 가구와 식기 등의 생필품을 마련하자고 생각을 정리했다.

바람 여관에 돌아오니 이른 저녁 시간이었다.

시우는 종업원에게 5호실에서 하룻밤만 더 체류하겠다고 1실링을 지불하고 5페니를 거슬러 받았다. 식사를 제한 숙박비가 6페니에 1페니는 맥주 값이었다.

방으로 가 잠시 기다리니 맥주가 올라왔다.

시우는 아이템창에서 빵과 육포를 꺼내 끼니를 때웠다.

창밖의 널어놓은 로브를 거둬보니 제법 뽀송하게 말라 있었다.

시우는 로브를 걸쳐 입고 의자에 앉아 늦은 밤까지 책을 읽다 잠이 들었다.

리젠을 마치고 잡화점이 문을 열 시간까지 책을 읽던 시우는 로브의 옷매무새를 고치고 바람 여관을 나왔다.

　이제 여관 생활을 청산하고 새 집에서 지내기 위해서였다.

　어제 들렀던 잡화점을 찾으니 잡화점 주인이 시우를 알아보고 벌떡 일어났다.

　"어서 옵쇼!"

　어딘지 안전부절 못하는 모습이었지만 시우는 신경 쓰지 않았다.

　시우는 잡화점을 둘러보며 대충 이것저것 고르며 주인에게 가격을 물었다.

　필요한 건 많은데 돈이 부족했다.

　시우는 당장 필요한 것들만 추려 계산해보았다.

　나무로 된 침대 틀 36페니, 짚단 매트리스 12페니, 담요 45페니, 베실 침대시트 24페니, 토기 접시와 그릇 6개 13페니, 쏘크 나이프 스푼 36페니, 대야와 수건 25페니, 자물쇠 72페니.

　총합이 263페니였다.

　추리고 추려서 당장 필요한 것만 돈이 이렇게 나가니 시우는 울고 싶은 기분이었다.

　시우는 남은 돈으로 실크 원단의 이불을 살까 말까 고민했지만 과감하게 포기했다. 당장은 그런 사치를 부릴 여유가 되지 않았다.

잡화점 주인은 5실링만 지불하면 전부 배달 가능하다고 제안했지만 시우는 간단하게 구입한 물건들을 전부 아이템창에 집어넣었다.

잡화점 주인이 놀랐지만 신경 쓰지 않았다.

집으로 돌아가 침대를 설치한 시우는 자물쇠를 걸고 용병길드로 향했다.

이제는 더 이상 지체할 수가 없었다. 한시라도 빨리 돈을 벌어야 했다.

시우는 용병길드의 사무직원을 만났다.

"짧은 시간에 돈을 많이 벌 수 있는 임무는 없을까요?"

사무직원은 시우의 질문은 들은 체도 하지 않았다.

"햐! 이렇게 차려입고 나오니 그럴 듯 하구만유?"

로브를 입고 그 위로 검을 차고 있을 뿐인데 능숙한 검사로 보이는 것은 왜일까.

"칭찬은 됐고 임무요. 돈을 벌 수 있는 임무 없어요?"

시우의 질문에 사무직원이 한심하다는 표정으로 한숨을 푹 내쉬었다.

"용병들은 하여간 돈돈, 돈돈, 목숨이 뭐 한 열댓 개라도 되나보우?"

"됐으니 있어요? 없어요?"

시우가 안달하자 사무직원이 두 손 들어 항복 표시를 보였다.

"뭐 있기야 있시우. 안 그래도 카스탄 사냥꾼을 모집하고 있구만유."

시우는 사무직원이 가리키는 방향을 보았다.

용병길드로 들어온 의뢰를 붙여놓는 게시판이었다. 그 앞에는 수많은 용병들이 모여 있었다.

용병들의 문맹율은 제법 높아 그것을 읽을 줄 아는 사람은 몇 되지 않았다. 그러나 마침 글을 읽을 줄 아는 용병이 있는 모양인지 한 용병이 의뢰 내용을 읽기 시작했다.

"의뢰 내용, 카스탄을 사냥할 동료를 모집한다. 짐꾼, 마차, 마부는 전부 의뢰주인 데브가 제공하며 식비를 포함한 모든 경비는 사냥 종료 후 결산한다. 모집 인원, 익시더 10명, 궁병 7명, 마법사 3명. 달성 목표, 카스탄의 피 다섯 배럴. 예상 소요 시간, 30일. 의뢰비는 카스탄의 피를 팔아 나온 돈을 분배한다."

시우는 카스탄을 사냥히겠디는 대범한 임무에 눈살을 찌푸렸다. 익시더인 잭도 카스탄에겐 한 방에 맞아 죽었다. 그런 카스탄을 사냥하겠다는 것은 죽으러 가는 것과 그리 다르지 않았다.

그러나 모집 인원에 익시더가 10명이나 포함된다는 내용에 고민이 되었다.

만약 그 때도 잭이 10명이나 있었다면 굉장히 수월하게 사냥을 성공하지 않았을까 싶었던 것이다.

시우는 한참을 고민하다 사무직원에게 물었다.

"도대체 카스탄의 피가 얼마나 비싸길래 다들 죽으러 가겠다고 안달하는 거죠?"

"그야 욕심이 날만도 하쥬. 쟈탄의 피가 한 배럴에 500파운드. 카스탄의 피는 그 두 배 가격이라니 다섯 통이면……."

"오천 파운드?!"

시우는 화들짝 놀랐다.

카스탄을 사냥해서 한 달에 5천 파운드? 그럼 그걸 20명이서 나눠가지면 얼마란 말인가?

"배당이 250파운드?"

"모두 살아남는다면 그렇겠쥬."

상상하긴 싫지만 사무직원의 말마따나 용병들이 죽으면 그만큼 배당도 늘어났다. 즉 최소 배당금이 250파운드라는 소리였다.

시우는 더 이상 고민할 필요는 없다고 생각했다. 마법사의 최저 수당인 20페니씩 받아가며 벌어봐야 250파운드를 벌어들이려면 하루도 쉬지 않고 8년을 넘게 일해야 했다. 그런 액수를 한 달 만에 벌 수 있다는 것은 절호의 기회라는 생각이 들었다.

"접수는 여기서 하면 되나요?"

"궁수 자리는 이미 가득 찼고, 마법사 자리가 딱 하나 남아있기는 한데……."

운이 좋았다. 하마터면 이런 기회를 눈앞에 두고 놓칠 뻔했다.

"그 임무 제가 신청할게요!"

시우가 외치자 사무직원은 그럴 줄 알았다는 듯이 수첩을 꺼내들었다. 힐끗 훔쳐보니 이번 임무의 참가자들이 적힌 명단인 모양이었다.

"어차피 저랑은 상관없는 일이지만 조심하는 것이 좋을 것이우. 에, 이름이 뭐더라……."

"체슈요. 걱정 따위 필요 없으니 어서 내 이름을 적어 넣어요."

시우는 마치 일거리를 빼앗기기라도 할 듯이 급하게 말했다.

사무직원은 혀를 쯧쯧 차며 뒤에서 멍하니 앉아있던 아이에게 손짓을 했다. 그러자 아이가 냉큼 양피지와 급하게 만든 듯한 나무 도장을 하나 들고 다가왔다.

도장에 인주를 덕지덕지 바르고 양피지에 꾹 찍더니 거기에 시우의 이름을 적어 넣었다.

"회합 장소는 제페스 남문, 시간은 이틀 후 해 뜰 녘, 거기서 의뢰주 데브를 찾아 임무증과 용병증을 보여주면 될 것이우."

시우는 제페스 남문, 이틀 후 해 뜰 녘, 의뢰주 데브를 몇 번 되뇌다가 임무증을 받아 고이 말아 쥐었다.

"고마워요. 그럼 나중에 봐요!"

그러고 깡충깡충 뛰어 사라지는 시우의 뒷모습을 바라보며 사무직원은 고개를 절레절레 저었다.

"정말 괜찮으려나……."

그가 마법사라는 것은 믿는다 쳐도 사무직원의 눈에 시우는 천진난만한 꼬맹이로 밖에 보이지 않았다.

사무직원은 알고 있었다. 때로는 흉악한 카스탄보다도 두려운 것이 인간이라는 족속들이라는 것을. 이 임무에서 정말 조심해야 할 것은 카스탄이 아니라 같이 임무를 수행하는 용병들일지도 몰랐다.

사무직원은 다음 용병이 접수처를 찾자 시우에 대한 생각을 떨쳐버렸다.

이곳은 용병길드.

사람이 죽어 잊히는 것은 흔히 있는 일이었다.

용병길드에서 나온 시우는 임무증을 아이템창에 챙겨 넣고 집으로 향했다.

기분이 좋았다. 하지만 그만큼 걱정도 되었다.

무려 카스탄이다. 잭을 한 방에 죽였던 카스탄.

그때에 비하면 시우도 강해졌다고는 하지만 카스탄을 사냥하려면 만반의 준비가 필요했다.

시우에게 남은 시간은 앞으로 이틀, 시우는 집에 도착하자마자 포스칸 상급 검술 서적을 꺼내 들었다.

아직 시우는 포스칸 상급 검술의 전반밖에 익히지 못했다.

시우는 남은 이틀 동안 연마해 검술을 스킬 등록하기로 마음먹었다.

마당은 넓었고 담도 높아 사람의 시선을 의식하지 않아도 되었다.

정말 오랜만에 사람의 눈치를 보지 않으며 검술을 연마한 기분이 들었다.

해가 저물며 붉고 푸른 두 개의 달이 희미하게 모습을 드러냈다.

시우는 옷을 벗어 던지고 검술로 달아오른 몸에 마법으로 물을 뿌리며 땀을 씻어냈다. 낮에 사뒀던 수건으로 물기를 닦아내고 로브를 제외한 옷을 다시 입었다.

시우는 방으로 들어가 침대에 철썩 주저앉아 리젠을 사용했다. 뻐근해진 근육이 점차로 풀어지며 전신이 노곤해지는 기분이 들었다.

하마터면 잠이 들 뻔 했던 시우는 정신을 차리고 마법으로 불을 밝혔다.

검술도 검술이지만 마법도 빨리 익혀두는 것이 좋았다.

시우는 늦은 밤까지 드라고니스 서적을 읽었다.

아침에 일어나 잠결에 리젠을 사용한 시우는 대문 앞에서 서성이는 인기척을 느낄 수 있었다.

대문은 어제 사온 자물쇠로 단단히 걸어 잠갔지만 리젠을 쓰노라니 계속 신경이 쓰여 참을 수가 없었다.

시우는 침대 맡에 놓았던 한손검을 허리에 차고 대문으로 나갔다.

경계심을 품으며 조심스레 자물쇠를 풀고 바깥을 내다보려고 슬쩍 문을 열어 보았다.

그곳에는 두 명의 아이가 있었다.

"루리?"

"체슈님."

시우는 문을 마저 열어 바깥을 둘러보았다. 루리와 로이 외에 찾아온 사람은 없었다.

"네가 여긴 무슨 일이지? 아니, 그보다 어떻게 찾아온 거야?"

시우의 질문에 루리가 머뭇거리며 대답했다.

"외람된 말씀이지만 체슈님의 용모는 대단히 눈에 띄니까요."

하긴 지나가는 길마다 사람들의 눈길이 부담스럽긴 했다. 분명 시우처럼 눈에 띄는 사람이라면 물어물어 찾아오는 것도 어렵지는 않았을 것이다.

"하지만 왜?"

시우가 묻자 루리는 결연한 표정을 지었다.

"저를 체슈님의 하녀로 고용해주세요."

시우는 루리의 말에 할 말을 잃었다.

하녀? 루리를 하녀로 고용한다고? 누구의? 체슈의?

시우가 동요해 아무 말도 하지 못하자 불안해진 것은 루리였다. 시우는 크게 동요하고 있었지만 겉으론 아무런 변화가 없었다.

"봉급도 필요 없어요. 저와 제 동생이 먹고 잘 수 있는 여건만 마련해주세요. 청소도 열심히 할게요. 요리도 할 줄 알아요. 그리고……."

루리는 로이의 귀를 막으며 소리죽여 말했다.

"…밤일을 주문하신다면 최선을 다해 만족시켜 드릴게요."

시우는 충격적인 루리의 발언에 겨우 정신을 차릴 수 있었다.

"아니, 잠깐만. 도대체 그게 무슨 소리야? 왜 네가 내 하녀를 자처하는 거지?"

시우의 질문에 루리의 눈가가 조금 붉어진 기분이 들었다.

"체슈님이 아니었다면 그날 밤, 저와 로이는 죽고 말았을 거예요. 하지만 체슈님의 도움으로 살아남았어요."

"그래서 목숨값을 갚겠다고?"

"그냥 목숨값이 아니에요. 제 목숨이, 그리고 동생의 목숨이 세상 그 무엇보다 값지다는 걸 깨닫게 해주신 분께 은혜를 갚고 싶어요!"

루리는 울먹이는 표정으로 한껏 고조되어 외쳤다.

하지만 시우와 시선을 마주친 루리는 수치로 얼굴을 붉히며 고개를 떨어트렸다.

시우와 시선을 마주치는 것조차 죄스러운 듯.

"하지만 그 뒷면에는 체슈님의 친절에 기대려는 면도 분명 있어요. 더 이상은 이렇게 살 수 없어요. 적어도 동생만은 안전한 곳에서 편하게 자랐으면 해요. 그래서 체슈님을 찾아왔어요. 체슈님이라면, 어쩌면 저희를 받아주실 지도 모른다고 생각해서, 그래서."

루리는 결국 참지 못하고 눈물을 떨어트렸다.

"누나 울지 마. 나도 일할게요. 누나를 울리지 마세요. 으아앙!"

루리의 모습에 로이가 덩달아 울음을 터트렸다.

루리는 로이를 부둥켜안고 열심히 울음을 억눌렀다.

그것이 시끄러웠던 것일까? 이웃들이 하나둘 집에서 나오기 시작했다.

시우는 일단 루리와 로이를 집으로 들였다.

"아침은?"

"…아직이에요."

시우는 아이템창에서 육포를 몇 조각 꺼내 루리와 로이에게 주었다.

루리는 죄라도 지은 듯이 고개를 떨어트리고 육포에 입을 대지 못했다. 반면에 로이는 울먹이면서도 육포를 뜯어 입에 넣고는 금방 얼굴이 밝아졌다.

"누나! 이거 맛있어!"

"그래. 이것도 먹을래?"

루리가 로이에게 육포를 떠넘기려 하자 시우는 아이템창에서 육포를 몇 개 더 꺼내들었다.

"네게 준 것은 네가 먹어라. 육포는 아직 많으니."

루리의 몰골은 말이 아니었다. 씻지 못해 땟국이 흐르는 건 둘째 치고 피골이 상접해 보는 쪽도 괴로웠다.

"나이가 몇이지?"

시우의 강요에 어쩔 수 없이 육포를 씹던 루리가 대답했다.

"저는 열다섯이고 로이는 아홉 살이에요."

"열다섯? 언제부터 이렇게 생활한 거야?"

"삼 년 전에 부모님이 돌아가셔서……."

삼 년. 짧다면 짧지만 또한 굉장히 긴 시간이었다.

이곳은 열세 살의 소녀가 일곱 살의 동생을 돌보며 살아남기에 너무나도 험악한 환경이었다.

시우는 잠시 말없이 그들이 먹는 모습을 지켜보다가 아

이템창에서 대야를 꺼내들었다.

꼬질꼬질한 모습으로 육포를 우겨넣는 모습을 보노라니 참을 수가 없었다.

시우는 세계수의 가지를 꺼내 대야에 물을 채우고 불을 지펴 그것을 끓이기 시작했다.

루리와 로이는 물불을 뿜어대는 나뭇가지가 신기한 지 눈을 크게 뜨고 그것을 지켜보았다.

시우는 물이 어느 정도 뜨거워지자 비누와 때수건을 꺼내 루리에게 던져주었다.

"안으로 가지고 들어가 씻어라."

루리는 시우의 말에 불안한 표정을 지었지만 시키는 대로 따랐다.

시우는 홀로 들어가려는 루리를 붙잡아 세웠다.

"왜, 왜요?"

루리의 목소리가 떨렸지만 시우는 신경 쓰지 않았다.

"동생도 데려가 씻겨야지."

"동생도요?"

"그래."

루리는 잠시 머뭇거리다가 동생을 데리고 집안으로 들어갔다.

집안에는 아직 가구가 없어 휑한 기운이 돌았다.

대야가 뜨거워 그것을 옮기는 것은 시우의 몫이었다. 시우는 대야를 마법으로 허공에 띄워 집안으로 들고 들어갔다.

들어가 보니 루리와 로이가 이미 옷을 벗고 씻을 준비를 하고 있었다.

봉긋이 솟기 시작한 가슴과 노란 솜털이 자라는 고간이 훤히 보였다.

시우는 당황해 물을 쏟을 뻔했지만 서둘러 마음을 다잡았다.

"…다 씻으면 이걸로 갈아입어. 그 더러운 옷은 그만 버리고."

시우는 라이나가 챙겨준 여벌의 옷을 바닥에 두었다. 로이에겐 크겠지만 루리의 체격은 시우와 그리 차이나지 않았다.

시우는 서둘러 집에서 나왔다. 되도록 평정을 유지하려 했지만 떨리는 가슴을 어쩔 수가 없었다.

아직 루리기 어리디지민 시우는 어사의 나제를 저음 목격한 것이었다.

시우는 리젠으로 마음을 다스리려 했지만 머리에 떠오르는 광경을 지우지 않는 이상 효과는 없을 것 같았다.

시우는 검을 뽑아들었다. 차라리 검을 휘두르는 편이 진정에 도움이 될 것 같았다.

한 번 검을 휘두르기 시작하자 시우는 금방 몰입할 수 있었다.

포스칸 상급 검술은 아직 서툴러 온 정신을 쏟지 않으면 펼칠 수가 없기 때문이었다.

그렇게 한참을 휘두르니 드디어 포스칸 상급 검술이 스킬로 등록되었다.

띠링!

[반복 학습을 통해 스킬을 습득하셨습니다.]

[포스칸 상급 검술을 스킬로 등록합니다.]

포스칸 상급 검술 Lv.1

숙련도 (0.1%)

설명- (패시브)뛰어난 실력의 포스칸 전사만이 배울 수 있는 포스칸 비전의 검술.

생각하던 것보다 오래 검을 휘두른 모양이었다.

정신을 차리고 루리를 부르니 말끔해진 모습으로 문을 열고 나왔다.

시우는 감탄했다.

오랫동안 씻지 않아 갈색으로 뭉친 머리는 밝은 금발이었고 땟국이 흐르던 피부는 하얗게 빛이 났다. 그것은 로이도 마찬가지였는데 밝은 금발에 하얀 피부, 파란 눈동자를 가진 그들이 옷까지 제대로 차려입자 더 이상 부랑자로는 보이지 않았다.

시우는 그들을 보며 잠시 생각을 정리했다.

집을 치우고 음식을 만드는 시간을 절약하면 분명 검술이나 마법을 연마하는 시간을 좀 더 효율적으로 활용할 수 있다. 루리를 하녀로 들이는 것은 시우로서도 나쁘지 않은 일이었다. 그러나 정작 그들을 떠맡아 보살펴야 한다고 생각하니 자신에게 그런 것이 가능한가 싶었다.

시우는 언제나 보살핌을 받는 입장이었다. 베푸는 것은 익숙하지 않았다. 하지만 저들을 내치자니 그것도 내키지 않았다.

"한 달."

시우가 입을 열자 꾸벅꾸벅 조는 로이를 안고 있던 루리가 고개를 들었다.

"이 집에서 한 달만 기다려줄래?"

루리가 고개를 끄덕였다.

어떤 소신이 붙든 루리는 이 집에 남고 싶었다.

시우는 하루 종일 검술을 연마하고, 루리와 로이를 침대에서 재웠다.

침대에서 자는 것은 오랜만인지 남매의 깊이 잠든 모습이 애틋했다.

시우는 밤을 새워 드라고니스 서적을 읽었다.

이윽고 새벽녘, 시우의 눈앞에 반투명한 창이 떠올랐다.

띠링!

[반복 학습을 통해 스킬을 습득하셨습니다.]

[드라고니스를 스킬로 등록합니다.]

드라고니스 Lv.1

숙련도 (0.1%)

설명- (패시브)드래곤의 언어이자 마법의 매개체. 발성하는 의미를 구현한다.

시우는 루리를 깨워 말했다.

한 달 후 돌아올 테니 그때까지 기다릴 것.

시우가 없는 동안 공무원이 찾아오면 14실링을 지불하라고 1파운드도 주었다.

돈을 주면서 어쩌면 그것을 가지고 도망을 갈지도 모른다는 생각도 들었지만 상관없었다. 도망을 가면 잊으면 될 일이었다. 지금부터 벌어들일 돈과 비교하면 푼돈에 불과했다.

루리는 시우가 자신과 동생을 버리는 줄 알았는지 눈물을 흘렸다.

"기다릴 테니까요. 꼭 돌아오셔야 해요."

울먹이는 루리를 뒤로하고 어렵사리 발걸음을 떼었다.

남문으로 향하니 이미 마차와 짐꾼들이 한 무리 모여

있었다. 그 주위로 카스탄 사냥 임무에 참가하는 용병들도 모여 있었는데 아마도 시우가 마지막 용병인 모양이었다.

"당신이 데브입니까?"

"당신은?"

시우는 임무증과 용병증을 꺼내 보여주었다.

의뢰주 데브는 시우에게서 임무증을 받아들고 시우에게 악수를 청했다.

"반갑습니다. 익시더인 데브입니다."

"마법사 체슈입니다."

데브는 시우를 반갑게 맞이했다.

잠시 후 데브가 명단을 꺼내들어 참가자들을 호명했다.

참가자는 익시더가 10명, 궁수가 7명, 마법사가 3명이었는데 그 중에 여자는 단 한 명이었다.

시우는 왼쪽 눈을 가려보았다.

세리카[?] Lv.88

매우 뛰어난 실력의 여성 검사. 어떤 이유에서인지 마법사를 혐오한다.

상세정보……

하얀 칠이 된 가죽 갑옷과 멋들어진 검을 찬 그녀의 모습에 마법사는 아닐 거라 생각했지만 설마하니 저렇게 강할 줄 몰랐던 시우는 감탄을 터트리고 말았다.

시우의 시선에 세리카는 눈살을 찌푸렸다.

굉장히 기분이 안 좋은 모양이었는데 그 모습조차도 아름다운 여자였다.

세리카는 반짝반짝 빛이 나는 은발과 은안을 지니고 있었는데 그것은 검은 머리와 검은 눈을 가진 시우보다도 눈에 띄는 용모였다.

시우는 세리카라는 이름 옆에 반짝거리는 물음표를 보고 고개를 갸웃거렸다. 그것은 시우도 처음 보는 것이었다.

그것을 터치하니 반투명한 창이 떠올랐다.

두둥!

[세리카는 자신의 정체를 숨기고 있습니다.]

시우는 깜짝 놀랐지만 내색하지 않았다.

그녀가 왜 정체를 숨기고 있는지는 알 수 없었지만 어색한 태도로 의심을 살 수는 없었다.

시우는 서로 인사를 나누는 용병들 사이에 끼어 세리카에게 인사를 건넸다.

"안녕하세요. 저는 체슈……."

그러나 시우는 말을 마칠 수가 없었다.

"닥쳐. 마법사 따위가 내게 말 걸지 마."

세리카로부터 엄청난 기세가 몰아쳤다.

그것은 원력. 체내에서 들끓는 원력을 눌러 참는다는 느낌이었다.

전신에 소름이 끼쳤다.

순간 시우의 뇌리에 죽음이 스쳐갈 정도로 강력한 기운이었다.

뒤에서 누군가 시우를 잡아끌었다.

시우와 같은 두 명의 마법사 중 한 명이었다.

"세리카 씨에게 말을 걸다니, 이곳엔 처음이신가요?"

"아, 예. 첫 임무입니다."

"저는 레쉬. 저 여검사분은 세리카라고 합니다. 이유는 모르지만 마법사를 극도로 혐오하는 분이라서요. 함부로 말을 거는 것은 삼가는 것이 좋다고 생각해요. 소문으로는 임무 중에 마법사가 실수하자 팔을 잘라버린 적도 있다고 하더군요."

"팔을요?"

시우는 어깨를 쓰다듬으며 세리카를 돌아보았다. 시우가 말을 걸었을 때와는 다른, 정중한 태도로 데브와 이야기를 나누는 모습이 보였다.

"뭐, 소문이니 믿을 이야긴 되지 않지만요. 당신은요?"

시우는 레쉬의 말을 이해 못하고 잠시 허둥거리다가 대답했다.

"아, 체슈입니다. 반갑습니다. 레쉬 씨."

시우의 인사에 레쉬는 방긋 웃었다.

첫 임무에 불안한 마음이 녹아내리는 것 같았다.

카스탄 사냥꾼들은 그렇게 통성명을 마친 후에야 마차를 타고 이동을 시작했다.

시우는 레쉬로부터 많은 이야기를 전해 들을 수 있었다.

이 임무의 목적지가 탄즈 산맥이라는 것. 임무 완료까지 예상 소요 시간이 30일이지만 사실 이동시간만 20일이 소요된다는 것. 다 큰 카스탄은 35리터의 피가 나온다는 것. 배럴통 다섯 개가 많은 것 같지만 실상 사냥할 카스탄은 스무 마리밖에 되지 않는다는 것.

시우에게는 무엇 하나 놓칠 수 없는 소중한 정보들이었다.

그러나 대부분의 시간을 시우는 홀로 보내야만 했다.

용병들은 대부분이 서로 얼굴을 알고 있는지 저들끼리 수다를 떨기 바빴고 그 탓에 시우는 소외되기 마련이었기 때문이었다.

시우는 마차를 타고 이동할 때는 드라고니스를, 마차가 멈추면 인적이 없는 곳을 찾아 포스칸 상급 검술을 연마했다.

집단행동을 하면서 계속 모습을 감추는 시우를 일행은 좋지 않게 생각하는 모양이었지만 신경 쓰지 않았다. 시우의 드라고니스와 검술은 이제 막 스킬로 등록된 참이라 연습을 빼먹을 수는 없었다.

어쩐지 굉장히 긴 열흘이었다.

데브가 입을 열었다.

"자, 이제부터가 진짜 시작입니다. 여기서부터 카스탄의 영역이니 다들 바짝 긴장하도록 합시다."

"헤헷, 그러지 않아도 저쪽에서 마중을 나와 주는 것 같소만? 의뢰주 씨."

한 용병의 말에 드라고니스를 연마하던 시우는 깜짝 놀라 고개를 들었다.

거리는 대략 400미터. 카스탄 한 마리가 유유자적 다가오고 있었다.

분명 용병 일행을 보았을 텐데도 여유로운 걸음이었다.

시우는 드래곤 페더 보우를 꺼내들어 화살을 시위에 메겼다.

아직 거리는 멀었다. 연습은 몇 번 하지 못했지만 카스탄의 방심을 노리면 저격이 가능했다.

세계수의 가지를 꺼내들어 힘껏 당겼다.

활을 쥔 줌통 위에서 화살촉이 춤을 추었다. 아직도 카스탄의 공포를 떨쳐내지 못했는지 손이 떨린 탓이었다.

시우는 리젠을, 심호흡을 하며 마음을 다스리고 팔에 힘을 뺐다. 힘은 마법의 인력으로 충당이 가능했다. 이 먼 거리에서 카스탄을 저격하려면 촉이 줌통 위에서 안정되어야만 했다.

거리가 300미터까지 가까워졌다. 익시더들은 그제야 검을 뽑아 들며 전투를 준비하고 있었다.

시우는 깊게 들이 마신 호흡을 딱 멈추고 시위를 놓았다.

쒜에엑! 퍼억!

시위를 떠난 화살은 눈에 보이지도 않을 속도로 날아가 카스탄의 머리통을 꿰뚫었다.

3미터의 거구가 쿵하고 자빠졌다.

전투를 준비하던 익시더들이 놀라 시우를 돌아보았다.

시우는 소리쳤다.

레벨이 오르지 않았다.

"멍청이들아! 정신 차려! 카스탄은 아직 죽지 않았어!"

시우는 전력을 다해 질주했다. 익시더들을 가로지르고 도약한 시우의 몸은 마력에 의해 하늘을 날아올랐다.

카스탄이 몸을 일으키고 있었다.

시우는 카스탄의 어깨를 디디며 세실강 한손검을 뽑았다.

"[질풍 칼날!]"

검으로 밀어 넣은 마력이 거대한 칼날이 되어 두꺼운 카스탄의 목을 날렸다.

띠링!

[레벨이 4 상승하셨습니다.]

[레벨업 효과로 생명력과 마력, 원력이 회복됩니다.]

[스탯 포인트가 8개 자동분배 됩니다. 남은 스탯 포인트가 12개 상승합니다.]

[모든 상태이상 효과가 회복됩니다.]

모든 것은 순식간에 일어난 일이었다.

검을 뽑아든 익시더들도, 마력을 모으던 마법사들도, 화살을 시위에 메긴 궁수들도 정신을 차리지 못했다.

아까운 카스탄의 피가 마구 솟구치고 있었다.

한 마리의 피, 35리터면 230파운드가 넘어가는 가격이었다.

시우는 카스탄의 피로 범벅이 되어 외쳤다.

"배럴통을 가져와!"

그제야 용병들은 정신을 차리고 배럴통을 들고 달려왔다.

"저거 세실강이지?"

한 용병이 경악 어린 목소리로 묻자 다른 이들의 시선이 시우에게 모였다.

시우의 검에서 포스칸의 문신 문양이 푸르게 빛나고 있었다.

"저 마법사 도대체 정체가 뭐지?"

용병들이 시우를 주목하기 시작했다. 그러나 그것을 알지 못하는 시우는 피범벅이 된 채로 해맑은 미소를 짓고 있었다.

비릿한 피 냄새가 시우를 오랜 동면에서 깨우고 있었다.

경험치와 황금을 그러모을 시간이었다.

〈2권에서 계속〉